용병들의 대지
Road of Mercenaries

용병들의 대지 10

이모탈 퓨전 판타지 소설

초판 1쇄 찍은 날 § 2017년 3월 24일
초판 1쇄 펴낸 날 § 2017년 3월 31일

지은이 § 이모탈
펴낸이 § 서경석

편집책임 § 이지연

펴낸곳 § 도서출판 청어람
등록번호 § 제387-1999-000006호
등록일자 § 1999. 5. 31
어람번호 § 제1-2662호

주소 § 경기도 부천시 부일로 483번길 40 서경B/D 3F (우) 14640
전화 § 032-656-4452 팩스 § 032-656-4453
http://www.chungeoram.com
E-mail § chungeorambook@daum.net

ISBN 979-11-04-91247-4 04810
ISBN 979-11-04-90905-4 (세트)

이모탈 퓨전 판타지 소설

FUSION FANTASTIC STORY

용병들의 대지

Road of Mercenaries

10

도서출판 청어람

용병들의 대지
Road of Mercenaries

C O N T E N T S

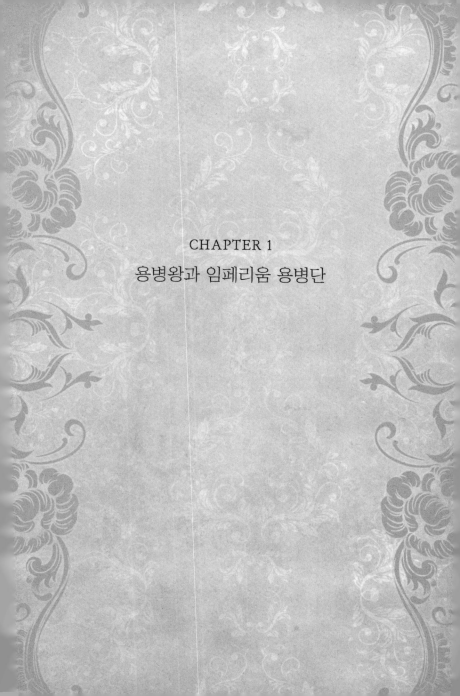

CHAPTER 1

용병왕과 임페리움 용병단

"허어, 저것이……."

"실로 대단한 자입니다."

"그렇군. 그래, 정말 대단한 자로군. 용병 중에 어찌 저런 자가……."

"저자도 저자이지만 저자와 함께 온 용병들 역시 실로 만만치가 않습니다."

"그렇군. 그러면 저자가……."

"용병왕일 것이라 추정됩니다."

"그런 전언이 있던가?"

"추가 병력이 파병된다는 것만 알고 있습니다."

"그 추가 병력이 바로 저들인가?"

"그런 것 같습니다."

주시에르 백작과 그의 지근거리에서 그를 보좌하고 있던 부관이 문답하는 동안 오크 족장과 마법사를 제거하고 느긋하게 주변을 완전히 쑥대밭으로 만들어 버린 아론이 하늘에서 서서히 그들 앞으로 내려섰다.

"그대는……."

"용병왕이오."

"그렇구려. 귀하께서 용병왕이시구려."

"병력 운용이 상당했소. 꽤 오랫동안 버틴 것 같은데 말이오."

"허어, 용병왕에게 칭찬을 듣다니 과히 나쁘지 않은 기분입니다."

주시에르 백작은 상대가 비록 용병이라고는 하지만 그들의 무력을 눈앞에서 직접 보았고, 그 자신이 제국의 명망 있는 귀족으로서 황제 폐하의 인정을 받은 자를 함부로 대할 수 없음을 인지하고 있었기 때문에 아론의 하오체에 그리 거부감을 느끼지 않고 받아들였다.

그에 더하여.

'이상하게 마치 당연하다는 듯한 인상을 받는군.'

아닌 게 아니라 아론의 태도는 무척이나 자연스러워서 마치 오랫동안 알고 지낸 사이 같은 느낌이 들었다. 주시에르 백작은 그것이 조금 이상하기는 했지만 어쨌든 지금 상황에서 그의 도움이 절실했기 때문에 별생각 없이 인정하고 들어갔다.

"사실일 뿐이오."

"그렇습니까? 어쨌든 지금 상황에 많은 도움이 되었습니다."

"그건 그렇고……."

아론이 아직도 치열하게 공방을 주고받고 있는 전장을 보며 나직하게 입을 열었다.

"일단 저들을 밀어내야 할 것 같지 않소?"

"그렇긴 하오만 병사들이 많이 지쳤습니다."

"함께해 주기만 해도 좋소."

"그 말은 설마……."

"용병만으로도 충분히 밀어 올릴 수 있소."

"감히 뉘 앞이라고 그런……."

부관이 불쾌한 표정을 지으며 아론의 말을 가로막았다. 하지만 주시에르 백작은 오히려 그런 부관의 행동을 제지하며 아론에게 고개를 살짝 숙이고는 미안하다는 표정을 지어 보였다. 그에 아론은 별로 신경 쓰지 않는다는 듯한 표정을 지어 보였다.

주시에르 백작이 부관에게 말했다.

"용병왕이시다. 황제 폐하께옵서 칙서로 인정하였고 공작 각하 역시 인정하신 분이다."

"하지만……."

"비록 작위는 없으나 황제 폐하의 칙서에는 분명히 적혀 있다. 용병왕은 대공의 작위에 준한다고 말이다."

"…죄송합니다."

"주의하도록 하게."

"명심하겠습니다."

그러면서 용병왕을 바라보며 살짝 고개를 숙이고는 입을 여는 부관.

"죄송합니다. 부디 용서해 주시길."

아론은 멀뚱하니 그런 부관을 바라봤다. 부관이라 할지라도 분명 귀족이다. 그럼에도 불구하고 자신에게 고개를 숙인 것이니 솔직히 속이 부글부글 끓을 게 분명했다. 그리고 그것을 증명이라도 하듯이 고개를 든 부관의 얼굴은 불만으로 가득 차 있었다.

"불만인가?"

아론은 대뜸 하대로 물었다. 주시에르 백작은 둘 사이의 문제에 끼어들지 않았다. 그도 알고 있었다. 자신이 머리를 숙인다고 해서 모든 이가 용병에게 머리를 숙일 리 없다는 것을 말이다.

　강력하게 반발할 수밖에 없었다. 왜냐하면 자신들은 기사이고 귀족이다. 아무리 황제 폐하의 칙서가 있다고는 하지만 신분의 벽이란 것은 그렇게 쉽게 무너질 수 없다. 그것을 너무나도 잘 알고 있는 주시에르 백작이다.

　오로지 황제에게 충성을 바치는 자신이기 때문에 받아들이기는 했지만 그런 자신조차 쉽지 않았다. .그런데 자신을 따르는 귀족들과 기사들은 어떠할까? 어차피 한 번은 겪고 지나가야 할 일이니 오히려 이편이 더 나을지도 몰랐다.

　"불만은……."

　"숨기지 마. 얼굴에 불만이라고 잔뜩 쓰여 있는데 아니라고 하면 말이 되나?"

　"……."

　부관은 별다른 말 없이 그저 아론은 쏘아볼 뿐이다. 그에 아론은 히죽 웃어 보였다.

　"도전은 언제든지 받아준다."

　"…전투가 끝나면."

　"아니, 아니지. 이 전투는 우리가 승리해. 그러니까 전투는 걱정하지 마. 그리고 불만이 있으면 해결을 해야지 묵혀두면 병나. 그러니까 그런 걱정은 하지 말고 불만을 해소해 봐. 그래야 귀족이고 기사지. 안 그래?"

오히려 아론은 그런 부관을 도발하고 있었다. 그에 부관은 얼굴을 딱딱하게 굳히며 검병을 잡아갔다. 그러다 슬쩍 주시에르 백작을 바라봤고, 주시에르 백작은 무표정한 상태로 가타부타 말이 없었다.

그것을 무언의 승낙이라고 인지한 부관은 결심을 굳힌 듯 어금니를 꽉 깨문 후 검과 방패를 잡으며 자세를 잡았다. 그런 부관을 보며 희미하게 미소 짓는 아론. 마치 이렇게 되기를 기다렸다는 듯하다.

"그래, 그래야 남자지."

"후회하게 될 것이오."

"후회? 후회라……. 글쎄, 내가 보기에 귀관은 절대 오크 족장보다 강하지 않을 것 같군."

아론의 말에 그제야 부관은 자신이 실책했음을 깨달았다. 바로 눈앞에서 오크 족장을 바람에 흩날리는 먼지로 만들어 버린 아론이다. 그리고 오크 족장은 분명 자신보다 훨씬 더 강력했다.

그때 아론은 길게 늘어뜨리고 있던 투박한 양손대검을 어깨에 턱 걸치며 나직하게 으르렁거렸다.

"귀족들이나 기사들은 꼭 그렇더군. 닭대가리도 아니고, 방금 전 눈앞에서 벌어진 일조차도 자신의 판단과 생각에 맞추더군."

"가, 감히……."

"그리고 또 하나. 개나 소나 감히라는 말을 무척이나 잘하더군. 감히라는 말을 쓰고 맞으면 조금 덜 아프거나 자신보다 강력한 적을 순식간에 제거할 수 있나?"

그러면서 한 걸음 앞으로 내딛는 아론.

처적!

부관은 자신도 모르게 짧게 두 번을 물러났다. 그러다 문득 자신의 실책을 깨달았는지 눈살을 찌푸렸다. 마음은 전혀 그렇지 않은데 몸이 절로 반응하고 있었다. 그러니 마음에 들지 않은 것일 게다.

그런 부관을 보며 아론은 여전히 진득한 미소를 떠올리고 있었다. 마치 비웃듯이 말이다. 그 얼굴을 본 부관은 자신도 모르게 물러난 스스로의 행동을 치욕으로 느꼈는지 얼굴을 붉혔다.

"죽인다!"

어느새 부관의 목소리에는 노기가 담겨 있었다. 부관은 대지를 박찼다. 번개보다 빠르게 아론을 향해 쇄도하는 부관. 하나 부관의 검이 자신의 코앞까지 다가왔음에도 불구하고 아론은 피하지 않았다.

그 순간 부관은 아론의 눈동자를 바라볼 수 있었다. 그리고 척추부터 타고 내려오는 서늘함을 느낄 수밖에 없었다. 분명 자신이 공격하고 있었다. 자신의 검이 상대방의 목을 금방이라도 베어버릴 듯했다.

그럼에도 불구하고 용병왕이라고 불리는 자는 냉정하게 자신을 바라보고 있다.

'무언가… 잘못됐다.'

그것을 느끼는 순간 그의 시선은 아론의 눈동자에서 벗어나 서늘함을 주는 근원으로 향했다. 그는 자신의 복부를 봤고, 그 순간 그는 상상조차 할 수 없을 정도의 거대한 충격이 전신에 전해짐을 느꼈다.

"쿠어어억!"

부관의 신형이 붕 떠올랐다. 하지만 아론은 결코 그 한 번의 주먹질로 끝낼 생각이 없어 보였다. 부관은 느릿하게 다가오는 아론의 주먹을 지켜볼 수밖에 없었다. 아론의 주먹은 지극히 느렸다.

하지만 피할 수도, 막을 수도 없었다.

'어떻게 이럴 수가 있지?'

그 와중에 부관은 그런 생각을 하고 있었다. 그것은 둘의 대결을 지켜보고 있는 모든 이가 함께 느끼는 감정임에 분명했다. 그들은 입을 쩍 벌리고 지금의 상황을 지켜보고 있었다. 지켜본다고 해서 모두 볼 수 있는 것은 아니었다.

그들이 볼 수 있는 것은 그저 허공에 붕 떠서 아론에게 정신없이 맞고 있는 부관뿐이었다. 그리고 부관을 두들기고 있는 아론의 주먹은 아예 보이지도 않았다. 그제야 그들은 퍼뜩 아론이 어떻게 오크 족장을 잡았는지 깨달았다.

'덤비면 죽는다.'

'그는 백만 용병의 왕, 용병왕이다.'

'대공에 준한다 했고, 그들만의 영지를 가지고 있다.'

'용병왕……'

그들이 깨달았을 때 아론은 마지막 일격을 부관의 복부에 꽂아 넣고 있었다. 부관은 눈이 튀어나올 듯 부릅뜨고 입에서는 자신의 의지와 전혀 무관하게 타액이 분수처럼 뿜어져 나오고 있었다.

쿠드드득!

부관은 아론의 주먹을 맞고 10여 미터를 날려갔고, 후에도 힘을 상쇄시키지 못해 제멋대로 나뒹굴면서 형편없이 구겨졌다.

툭!

마침내 성벽에 부딪치면서 겨우 멈췄지만 그는 이미 정신을 잃은 상태였다. 아론은 오연히 주변을 훑어보았다. 그에 불만을 가지고 있던 귀족들과 기사들은 제대로 그와 눈을 마주치기를 거부했다.

이미 그들 뇌리 깊숙하게 용병왕은 절대 건드려서는 안 될 존재로 각인되어 있는 것이다. 그와 더불어 자신들이 그렇게 힘들게 막아내던 오크와 몬스터들을 마치 집 마당 쓸 듯이 쓸어서 밀어붙이고 있는 용병들을 보며 고개를 절레절레 저을 수밖에 없었다.

그리고 그들 나름대로 판단을 내렸다.

'타 용병들과는 차원이 다르다.'

'용병왕이 탄생한 용병단이라……'

'그들에게도 이제 구심점이 생겼다. 이전의 용병과는 분명히 다를 것.'

'지금 그 다름을 우리의 눈앞에서 확인하고 있는 것이다.'

'끄응, 앞으로는 용병에게 함부로 할 수 없겠군.'

'제길, 용병 따위를 대우해야 하다니.'

'어쩌다 이 지경이 되었는가?'

용병들을 인정하는 자가 있는가 하면 지금의 이 상황을 심히 탐탁지 않게 생각하는 이들도 있었다. 하지만 중요한 것은 지금 이 순간 그들은 모두 용병왕과 용병들을 인정하고 있다는 것이다. 속으로야 어찌 생각하든 말이다.

아론은 시선을 주시에르 백작에게로 향했다.

"정리가 된 것 같소만."

"그렇군요. 하면 지휘권은……"

"작전 명령서를 받지 않았소?"

"받았습니다."

"지금 이 순간부터 작전권을 행사하겠소."

"알겠습니다."

"기존의 병사와 기사를 뒤로 물리시오."

"알겠습니다."

주시에르 백작은 아론의 명을 받아 전고를 울리고 뿔 나팔을 불었다. 사기가 진작되었다고는 하지만 오랫동안 힘들게 전투를 이어왔기 때문에 후퇴를 알리는 전고와 뿔 나팔 소리에 병사들과 기사들은 희색이 만면했다.

그리고 그 전고와 뿔 나팔 소리와는 별개로 용병들은 기사들과 병사들의 후퇴를 도왔고, 그들의 도움하에 안전하게 후퇴할 수 있었다. 병력이 안전하게 물러난 것을 확인한 아론이 나직하게 외쳤다.

"전군 진격!"

바로 옆 사람에게 속삭이듯이 말했지만 그의 목소리는 이 난장판과도 같은 전장에 있는 모든 용병에게 아주 선명하게 들렸다.

쿠와아아악!

용병들이 전진하기 시작했다.

그들의 전진은 마치 파도와 같아서 그들의 앞을 가로막는 그 어떤 것도 그들을 막아설 수 없었다.

"크워어어억!"

"시끄럽다!"

비명을 지르며 죽어가는 몬스터. 그런 몬스터를 향해 짜증스럽게 외치는 용병.

"끄아악! 어떻게……."

"왜?"

그리고 이해할 수 없다는 듯한 눈동자로 반문하며 죽어가는 오크들. 그들은 여지없이 카툼의 휘하에 있는 회색 오크들에 의해 죽임을 당하고 있었다. 그리고 그들은 안중에도 없다는 듯이 또 다른 오크, 혹은 몬스터를 찾아 나서는 회색 오크들.

"크억!"

한 명의 오크가 또 죽어갔다.

죽어가는 오크는 도무지 이해할 수 없다는 듯한 눈동자로 자신을 죽인 오크를 바라봤다. 두 오크의 시선이 부딪쳤다. 같은 동족을 죽인 카툼은 쓸쓸한 눈으로 생기가 빠져 나가며 어둠에서 벗어나고 있는 오크를 보더니 입을 열었다.

"어둠에서 헤어난 기분이 어떤가?"

그제야 죽어가는 오크는 자신이 왜 죽어야 하는지, 혹은 죽음에 이르러서 왜 이리도 편안한 것인지 알게 되었다. 그리고 그는 나직하게 말했다.

"그랬던 거로군. 우리는 어둠에 잠식되어 있던 것이로군."

"맞다."

"동족들을 구했으면 좋겠군."

"가능하다면 그럴 것이다."

"그렇군."

그러면서 희미한 미소를 떠올리며 죽어가는 오크.

"오크로서 새로운 영웅을 보고 죽다니 영광이로군."

"잘 가라."

툭!

카툼의 잘 가라는 말을 듣지도 못한 채 오크의 고개가 옆으로 기울었다. 카툼은 멀리 아론이 있는 방향을 바라봤다. 그의 시선을 느꼈는지 아론이 살짝 고개를 끄덕였다. 보통의 인물이라면 절대 볼 수 없는 멀고 먼 거리.

하지만 이미 그레이트 마스터에 이른 카툼은 그 정도쯤은 가볍게 무시할 수 있었다. 그에 카툼이 살짝 고개를 숙였다. 그것은 고마움을 전하는 것이라 할 수 있었다. 죽이면 가장 편하다.

가장 빨리 이 전투를 마무리 지을 수 있음이다. 그러함에도 불구하고 아론은 그들에게 동족을 구할 수 있는 시간을 허락한 것이다. 그에 카툼은 크게 가슴을 펼치고 포효를 내질렀다.

"쿠워어엉!"

그의 포효가 이 전투에 참여한 모든 오크에게 전달되었고, 그 순간 오크들의 태세가 변하기 시작했다. 그들은 죽이기 위해 움직이지 않았다. 동족으로서, 일족으로서, 오크족으로서 어둠에 물든 이들을 구하기 위해 움직였다.

나머지 몬스터들은 오로지 함께한 용병들의 몫이었다. 그러함에도 불구하고 용병들은 불평 한 번 터뜨리지 않았다. 오히려 그것이 당연하다는 듯이 받아들였다. 그러면서도 그들은 몬스터를 소멸시키고 있었다.

이것은 죽이는 것이 아니었다. 거의 서너 배 많은 몬스터가 앞에 있음에도 불구하고 용병들은 전혀 어려움 없이 몬스터들을 소멸시키고 있었다.

"물러서!"

누군가 외치자 용병이 물 흐르듯 자연스럽게 물러나며 지키고 있던 자리를 벗어났고, 뒤이어 눈부신 빛이 터져 나왔다.

슈칵!

"꾸어?"

눈앞에 있는 거추장스러운 인간 놈을 제거하려는 순간 눈앞의 인간이 순식간에 자리를 이탈하였다. 그리고 그 순간, 오거는 무언가 따끔한 것이 전신을 훑고 지나가는 기분이 들자 방망이를 쳐든 채 눈을 껌뻑거렸다. 이상하게 전신의 힘이 빠져나가는 것 같았다.

츄화악!

순간 오거의 목에서 균열이 발생하며 검녹색이 핏물이 분수처럼 쏟아져 나왔다. 그 순간까지 오거는 자신이 왜 죽는지 몰랐다. 허공에 떠오른 오거의 눈동자에는 분명 그런 의문이 담겨 있었다.

쿠우웅!

목이 사라진 오거의 거체가 힘없이 쓰러졌고, 그 밑에 함께하던 슬라임이나 고블린이 깔리며 몇 마리의 몬스터가 바둥거리고 있자 용병들이 득달같이 달려들어 핵을 부수고 목을 잘라 버렸다.

두드드득!

"크워어억!"

땅이 진동하더니 이내 거대한 입을 가진 포레스트 웜이 땅을 뚫고 나오며 용병들을 집어삼키려 했다. 하나 용병들은 땅의 진동을 느끼고 균열이 발생하는 그 짧은 순간을 파악하여 사방으로 흩어졌고, 결국 포레스트 웜의 공격은 허공에 작열할 수밖에 없었다.

휘리리릭! 콰직!

그때 거대한 도끼 한 자루가 날아와 포레스트 웜의 입속으로 박혀들었고, 포레스트 웜은 엉겁결에 날아온 도끼를 집어

삼켰다. 하나 그것은 포레스트 웜의 최고의 실수였다. 자신의 피부를 뚫을 수 있는 인간의 무기는 없다고 생각했다.

자신의 위는 인간의 강철로 만들어진 무기를 순식간에 녹여 버릴 것이라 생각했다. 하지만 그것은 잘못된 생각이었다. 집어삼킨 도끼 한 자루는 녹지도 않았고 자신의 질기고 단단한 내부를 헤집으며 온통 걸레로 만들어 버렸다.

그 참을 수 없는 고통에 포레스트 웜은 미친 듯이 전신을 비틀며 발광했지만 그 고통은 전혀 줄어들지 않았다.

그리고.

푸화아악!

포레스트 웜의 내부를 헤집은 도끼는 그 단단한 포레스트 웜의 가죽을 뚫고 밖으로 튀어나왔다.

"크워어억!"

포레스트 웜은 비명을 질렀다.

그리고 고목나무 쓰러지듯이 그 거체가 무너져 내렸다.

쿠우우웅!

어찌나 거대했는지 지진이 일어난 듯 대지가 진동했다. 하지만 그것을 지켜보는 용병은 없었다. 용병들은 이미 단 한 자루의 도끼가 포레스트 웜을 죽였다고 판단한 것이다. 그들은 이미 다른 먹이를 찾아 움직이고 있었다.

이들은 플랑드르에서 이런 류의 몬스터들을 밥 먹듯이 만났고, 미친 듯이 싸웠다. 처음엔 움직이지 못할 정도로 대단해 보이던 몬스터였다. 하지만 지금은 아니었다. 그냥 길가에 떨어진 돌멩이보다 조금 강해 보이는 정도였다.

그도 그럴 것이, 플랑드르에서 훈련받은 용병치고 익스퍼트가 아닌 자가 없었다. 그리고 후에 임페리움 용병단에 가입한 용병들 역시 마찬가지였다. 기존의 임페리움 용병들은 그들을 오크들이 있는 우리에 집어넣었다.

용병들은 그들을 미친놈이라고 했다. 하지만 기존의 용병들은 미친놈들이 절대 아니었다. 아니, 오히려 자신들을 미친놈들이라고 하자 미치지 않고서야 어떻게 몬스터들을 잡을 수 있겠느냐고 반문했다.

"정말 우리가 미쳤다고 생각하나?"

"그럼 미친 것이 아니고 어찌 몬스터들이 우글거리는 곳에 인간을 집어넣는단 말이오?"

"그래? 그렇단 말이지?"

그렇게 말을 한 임페리움 용병단원이 시원하게 웃음 짓더니 외쳤다.

"문 열어!"

그의 명령에 다른 용병들이 거리낌 없이 몬스터 우리와 연결된 문을 열어젖혔다. 그리고 그는 그 우리 속으로 걸음을 옮겼다.

"저, 저……."

그에 새롭게 합류한 용병들은 질렸다는 듯이, 혹은 걱정스럽다는 듯이 그를 바라봤다. 하지만 정작 당사자는 평온하기 그지없었다. 몇몇 용병은 우리에 들어가는 그 용병의 표정이 너무나도 평온하기에 혹시나 하는 생각에 마음을 졸이며 그 모습을 지켜봤다.

마침내 우리에 들어간 용병.

"크르르륵!"

그에 몬스터들이 위협하듯이 으르렁거렸다. 하지만 용병은 전혀 신경 쓰지 않았다. 아니, 오히려 한 걸음 더 내디뎠고, 으르렁거리던 몬스터들은 자신들도 모르게 뒷걸음질 쳤다. 그리고 용병의 입에서 한마디가 나직하게 흘러나왔다.

"귀여운 새끼들."

그 말을 들은 용병들의 얼굴이 새하얗게 질려 버렸다. 몬스터들이 우글거리는 곳이다. 그런데 홀로 그 많은 몬스터가 있는 곳에 있음에도 불구하고 전혀 흔들림이 없고 오히려 으르렁거리는 몬스터들을 보고 귀엽다고까지 했다.

처음엔 조금 느릿하게 걸음을 옮기던 용병의 걸음이 점점 빨라졌다. 그의 걸음이 빨라질수록 몬스터들의 물러나는 속도 역시 점점 더 빨라졌고, 용병이 마치 달리듯 하자 몬스터들은 뒤도 돌아보지 않고 도망가기 시작했다.

마치 절대 상대할 수 없는 포식자를 피해 달아나는 것처럼 말이다. 그에 용병들은 입을 딱 벌린 채 그 믿을 수 없는 광경을 지켜보았다.

"저게……."

"어떻게……."

그들의 반응은 한결같았다. 그리고 그런 그들의 귀에 들려오는 대답은 단 한 가지였다.

"기백입니다."

"기백?"

"왜 인간이 몬스터를 두려워할까요?"

"그건……."

"그들이 강하기 때문이겠지요."

"그야 당연히……."

"그런데 누가 그랬습니까?"

"뭐가 말이요?"

"누가 몬스터가 인간보다 강하다고 했느냔 말입니다."

"그야 당연히……."

"세상에 정해진 것은 없습니다. 그리고 그 결과가 지금 여러분이 보고 있는 것입니다."

"그……."

그들은 자연스럽게 수십 마리의 몬스터를 쫓아가는 용병

한 명과 그 용병이 무서워 이리저리 도망가기 위해 발악하고 있는 몬스터를 바라봤다. 지금까지 듣도 보도 못한 일이 지금 자신들의 눈앞에서 벌어지고 있었다.

"우리도 처음엔 그랬죠."

"처음에?"

"그럼……."

"우리도 다 당했다는 거죠."

"그 말은……."

잘게 떨리는 용병의 목소리.

그리고 유난히 흰 이를 드러내며 웃는 용병.

"자, 훈련 시간입니다."

"자, 자, 잠깐……."

퍼억!

그 순간 누군가 뒤에서 용병들의 등을 발로 찼다. 그리고 선배 용병들이 뒤를 이어 뛰어내리며 육각으로 만들어진 짧은 나무 몽둥이를 들어 올리며 외쳤다.

"지금부터 단 한 걸음이라도 뒤로 밀리면 우리한테 죽을 겁니다!"

으스스한 목소리가 들려왔다.

하나 그 말을 믿지 않고 뒤로 물러났던 용병은 죽기 직전까지 매타작을 당하고 머리를 땅에 박은 채로 몬스터를 향해 돌진해야만 했다. 침을 질질 흘리고 눈은 희번덕거리고 있었다. 마치 미친 광인을 보는 듯한 모습.

신입 용병들은 앞으로 달리지 않을 수 없었다. 임페리움 용병단은 손에 사정을 두지 않았다. 반항해도 소용없었다. 반항도 어느 정도 수준이 맞아야 할 수 있다. 한데 이건 애초에 상대가 되지 않았다.

아무리 뛰어난 용병이라 할지라도 신입은 신입이었고 기존의 용병들에게는 상대가 되지 않았다. 그들은 정말 자신들을 패서 죽일 것 같았다. 그리고 신입 용병들은 맞아 죽느니 차라리 몬스터들과 싸우다 죽겠다는 듯이 돌진했다.

그러기를 하루, 이틀…….

무수히 많은 시간이 흐름에 따라 그들은 몬스터 우리에 들어갔음에도 불구하고 전혀 두려워하지 않을 수 있게 되었다. 아니, 오히려 몬스터들이 그들을 피해 도망갈 정도였다. 그것은 플랑드르 주변 산으로 훈련을 가서도 마찬가지였다.

그렇게 플랑드르 주변의 몬스터는 씨가 말랐고, 그들의 훈련은 점점 외곽으로, 혹은 원정으로 변해가기 시작했다. 그렇게 훈련을 해온 그들은 자신들은 변했다는 것을 알 수 있었다. 당장에 오거가 눈앞에 있음에도 불구하고 무섭고 두렵기보다는 충분히 해볼 만하다는 생각이 들었다.

혼자가 아니면 둘이, 둘이 안 되면 셋이서 하면 그만이다.

몬스터를 상대로 도망가고 회피하는 것은 나쁜 일이 아니다. 수적으로 밀려도 오히려 그것이 정상이다.

그리고 오거가 많은 것도 아니었다. 미노타우르스가 많은 것도 아니었다. 그 말은 결국 강한 놈들은 강한 용병에게 맡기면 되는 것이다. 자신들은 자신에게 맞는 몬스터만 두들겨 패면 될 뿐이었다.

방금 전 포레스트 웜도 마찬가지였다. 자신들이 상대할 수 있는 수준의 몬스터가 아니었다. 하지만 이런 류의 몬스터를 마치 주머니 속에서 물건 꺼내듯 죽일 수 있는 용병은 많았다. 적어도 임페리움 용병단에는 그랬다.

'그때는 정말 미치게 죽이고 싶었는데……'

자신들을 가르치는 교관들을 악마라고 불렀다. 자신이 강해지면 훈련시키는 조교와 교관들을 씹어 먹어버리겠다고 했다. 하지만 이제는 알 것 같았다. 그들이 왜 자신들을 그렇게 몰아세웠는지.

그렇게 몰아세웠기 때문에 자신들은 살아남을 수 있었다. 그리고 몬스터들이 내뿜는 포악한 살기에도 아무렇지도 않게 견뎌낼 수 있었다. 그래서 용병들은 압도적으로 많은 몬스터들을 몰아붙일 수 있었다.

그리고 임페리움 용병단에는 강자가 많았다. 소드 마스터는 손가락이 모자라 발가락으로 세야 할 정도였고, 그레이트 소드 마스터와 그랜드 소드 마스터까지 존재했다.

콰아아앙!

버버번쩌어어억!

거대한 폭음이 들려오고, 눈이 멀 것 같은 빛이 폭사되었다.

수백의 몬스터들이 그 흔한 육편조차 남기지 못하고 사라져 버렸다. 그에 쉬고 있던 귀족들과 용병들은 입을 쩍 벌린 채 굉음과 함께 빛이 폭사된 곳을 멍하니 바라봤다. 그곳에는 허공에 떠오른 한 명의 여인이 있었다.

그녀는 두 손을 좌우로 펼치고 있었고, 쉴 새 없이 뇌전이 방전되고 있었다. 그리고 방전이 극에 이를 때 또다시 뇌전이 떨어져 내렸고, 수백의 몬스터가 비명도 지르지 못한 채 시커먼 숯이 되어 죽어갔다.

"저, 저건……"

"최소… 6서클 이상이로군."

"그럴 겁니다. 저 정도의 광역 마법을 시전할 수 있을 정도면."

"그건 그렇고, 저 여인이 저 위에 떠 있는 시간이 무려 20분이 넘었소."

"그런……"

기진맥진한 마법사들 중 어느 정도 마나를 회복해 신색이 돌아온 마법사들은 놀란 눈으로 입을 쩍 벌리고 있었다. 그들은 오늘 하루 동안 대체 뭘 얼마나 놀라야 할지 알 수 없었다. 처음 용병들이 몬스터를 몰아붙일 때부터 시작해 기력을 회복한 지금까지 벌어진 입을 다물 수가 없었다.

그것은 기사들 역시 마찬가지였다.

일단 용병왕이라는 자.

눈에 보이지도 않을 정도의 빠른 속도와 오크 족장 정도는 손짓 한 번으로 죽여 버릴 수 있는 무력을 가지고 있었고, 웬만한 실력의 기사들은 눈 깜짝할 사이에 인사불성으로 만들 수 있었다. 한마디로 절대적인 수준이었다.

그리고 저 멀리 전투가 벌어지는 곳을 보자 그곳에는 몬스터들이 이리 몰리고 저리 몰리고 있었다.

마치 포식자를 피해 도망 다니듯이 말이다.

물론 그곳에는 포식자가 있었다.

인간이라는 포식자가 존재했다.

배틀엑스가 세상을 두 쪽 냈고, 할버드가 수없이 많은 몬스터의 허리를 잘랐다. 양손으로 들기도 버거울 정도의 거대한 대검을 마치 한손 검 다루듯이 휘두르는 자가 있는가 하면 4미터에 이르는 긴 장창을 단검 다루듯이 하는 자가 있었다.

방어를 위해 사용하는 방패가 허공을 날면 수십에 이르는 몬스터가 죽어갔고, 수십 자루의 단창이 허공을 날면 몬스터들은 꼬치가 되어 죽어 나자빠졌다. 하지만 절대 그들만 존재하는 것은 아니었다.

그곳에는 용병들이 있었다.

평소 버러지라 여기고, 천한 놈이라 침을 뱉었으며, 그 무식함에 상대조차 하지 않던 용병들이 있었다. 그들은 용감했다. 오거나 레드 스콜피온, 포레스트 웜이나 트롤 앞에서 절대 물러나는 법이 없었다.

동료에 의지해 혼자가 안 되면 둘이, 둘이 안 되면 셋이 움직이며 몬스터들을 주살해 나갔다. 힘이 부족하면 회피 기동을 했고, 또 다른 절대적인 무력을 지닌 용병이 모습을 드러내 단 일격에 거대한 몬스터들을 쪼개 버렸다.

인간들로 이뤄진 용병만 있지는 않았다.

그곳에는 이종족으로 이뤄진 용병들도 있었다.

묘족, 호족, 리자드족, 엘프, 드워프, 노음 등등.

평소 인간과 거리를 두던 이종족 용병들이 인간을 위해 싸우고 있었다.

그들의 전투는 그야말로 피를 끓게 만들었다.

그때 그들의 귀에 단단한 음성이 들려왔다.

원기를 회복한 기사들과 마법사, 그리고 병사들이 목소리가 들려오는 곳으로 시선을 돌렸다. 그곳에는 투박하고 거대한 양손대검을 하늘로 치켜 올린 채 허공에 떠 있는 한 명의 사내가 있었다.

어두운 밤이다.

하지만 허공에 떠 있는 사내의 전신에서는 눈부신 휘광이 감돌고 있었다.

"이대로 멈춰 있을 생각인가?"

나직하지만 너무나도 확실하게 들려오는 목소리.

"우리 뒤에는 우리를 믿고 있는 가족과 친우들이 있다. 그들을 위해 이 한목숨 바쳐야 하지 않겠는가? 몬스터가 두려운가?"

"……"

허공에 떠 있는 사내, 아론이 물었다.

하지만 물음에 대한 답은 없었다. 그에 아론은 다시 재차 물었다.

"몬스터가 두려운가?"

"…아닙니다."

누군가 나직하게 혼잣말처럼 답을 했다. 하나 그 목소리는 너무나도 작아 바로 옆 사람에게도 들리지 않을 정도였다.

"두렵다면 물러나라. 그 두려움은 우리를 죽일 것이다. 두렵다면 물러나 동료를 보조해 주는 것이 옳다. 두렵나?"

"아닙니다!"

누군가 뚜렷하게 큰 소리로 외쳤다. 그에 여기저기에서 그 목소리에 호응해 '아닙니다!'라는 말이 중구난방으로 흘러나왔다.

"목소리가 작다! 두려운가?"

"아닙니다!"

그제야 병사들은 소리 높여 자신들의 목소리를 냈다. 병사들만이 아니라 기사들과 마법사들 역시 마찬가지였다. 그들의 목소리는 악다구니가 지배하고 있는 전장에서도 확연하게 울리고 있었다.

"그렇다면 대체 무엇을 망설이는가?"

"……."

아론의 외침에 기사들과 병사들이 자리에서 일어섰다.

"보이는가?"

"보입니다!"

아론의 빛나는 양손대검이 전방을 가리켰다. 그곳에서는 용병들이 몬스터들과 싸우고 있었다.

"자유를 위해서는, 평화를 위해서는 반드시 희생이 필요하다. 희생할 준비가 되었는가?"

"준비되었습니다."

"그렇다면 검을 들어 올려라! 창을 들어 올리고, 방패를 두드리고, 포효하라!"

투다다다닥!

각자 무기와 방패를 두드리는 기사들과 병사들, 그리고 가슴 저 밑에서부터 끓어오르는 함성을 내지르는 기사들과 병사들. 그런 그들을 바라보며 아론이 외쳤다.

"전군 진격하라!"

"진겨억!"

"진격하라아!"

기사들이 외쳤다.

"우와아아!"

　병사들이 함성을 지르며 내달렸다. 처음엔 제멋대로 달려나갔다. 하지만 이내 오랫동안 훈련받았다는 것을 증명하듯 오와 열을 맞춰 방진을 짜기 시작했고, 기사는 기사대로, 병사는 병사대로, 마법사는 마법사대로 각자의 임무에 충실하기 시작했다. 그렇지 않아도 압도적으로 밀고 올라가던 용병들이다. 그런 그들에게 또 다른 파도가 도움이 되어 몬스터들을 덮쳐갔다.

　그리고 그 최선두에 아론이 섰다.

　그 뒤 수평으로 유리피네스가 서고, 카툼이 섰으며, 제라르, 얀센, 브라이언, 마이크, 유리와 니콜라이, 기네딘, 카스트로, 막시무스, 그리고 후에 합류한 용병대와 용병단의 대장과 단장들이 섰다.

"우와아아!"

아론이 투박한 양손대검이 휘두르자 마치 지진이나 난 듯이 흔들리며 깊은 골을 만들었고, 그 범위 안에 있는 모든 몬스터들이 비명조차 지르지 못하고 죽어나갔으며, 유리피네스의 마법에 수백이 또다시 죽어갔다.

아론을 중심으로 좌우로 죽 늘어선 용병들, 그리고 그 뒤로 다시 늘어선 용병과 기사들과 병사들, 하늘을 울리며 떨어지는 마법의 향연. 그 모습은 실로 장관이었다. 인세에 있어 이런 모습을 또다시 볼 수 있을까.

"용병왕, 그는 이미 인간의 한계를 뛰어넘었군요."

주시에르 백작의 곁을 지키던 귀족 한 명이 이제는 놀랄 기운도 없는지 담담하게 입을 열었다. 그에 주시에르 백작은 무표정하게 자신의 앞을 가로막는 몬스터를 베어내며 고개를 끄덕였다.

그는 이미 자신들이 재단할 수 있는 수준을 넘어선 자였다. 작위나 무위를 뛰어넘은 자, 그가 하고자 한다면 못할 것은 아무것도 없을 것처럼 느껴졌다.

'그러하니 황제 폐하께서 그를 인정한 것이다. 그러하니 대공에 준함을 천명하신 것이다. 그러하지 않았다면 그는 그저 일개 용병일 뿐이다.'

주시에르 백작은 이제야 알 수 있었다.

단 몇 번의 무위를 보여주고 수만에 이르는 병력을 한순간에 휘어잡았다. 그는 단순히 무력이 강해서 용병왕에 오른 것이 아니었다. 단 한 번에 모든 것을 휘어잡을 정도로 뛰어난 지휘관이었고, 전장의 전투를 완벽하게 반전시킬 수 있는 실력을 지닌 자였다.

"어쩌면 우리는 전설의 한 장면을 목격하는 영광을 누리는 것일지도 모르네."

"……"

주시에르 백작의 말에 말없이 고개를 끄덕이는 귀족. 이미 그들은 마음속 깊이 아론에 대해, 용병왕에 대해 인정하고 있었다. 그들은 그렇게 전선을 밀어 올리기 시작했다.

*　　　*　　　*

"성공입니다."

"역시!"

아우슈반츠 백작의 말에 바티스타 공작은 주먹을 움켜쥐었다. 어쩌면 대단한 도박이었는지도 모른다. 그런데 그 도박을 성공시키고 있었다. 정규군이 아닌 용병들을 정규군과 동일하게 대우하며 전선에 투입시킨 것을 보기 좋게 성공시켰다.

"으하하하! 이럴 때 베나비데스 공작의 얼굴을 봤어야 하는데."

통쾌하기 그지없었다. 사실 아론을 믿고 전선의 한 축을 완전히 맡기는 것에 대해서 구설이 많았다. 용병왕의 실력은 인정하지만 어찌 용병들의 실력을 믿을 수 있겠는가, 하고 말이다. 그 선두에 선 자가 바로 베나비데스 공작이었다. 그런데 보란 듯이 작전에 성공했다.

몬스터를 막아낸 것뿐만이 아니라 서부의 전선을 끌어 올렸고, 몬스터에게 함락당한 성을 빠르게 수복하고 있었기 때문이다. 서부 전선이 전쟁 중이기 때문에 아직 정확한 통신은 받지 못했지만 대충 보고만 들어도 베나비데스 공작의 입을 꾹 닫게 할 정도로 충분한 전과를 올리고 있었다.

"이제 우리가 나서야 할 때입니다. 이때 몰아붙이지 않으면 두 번 다시 기회는 없을 것입니다."

"옳소, 옳아. 이번 기회에 몬스터를 싹 박멸해 버립시다."

기분이 좋아진 바티스타 공작은 흥이 올라 호탕하게 아우슈반츠 백작의 의견을 받아들였다.

'그를 끌어들인 것은 그야말로 기사회생의 수였다.'

그도 그럴 것이 그가 아니었으면 지금의 황제파는 귀족파에 밀려 암담한 신세로 전락했을 것이다. 그런데 용병왕을 영입하고 그를 인정한 이후로 황제파는 극적으로 반전해 지금의 상황을 휘어잡고 있었다.

이 어찌 아니 기쁠 손가.

“전군에 하달하시오.”

“명을 내리시길.”

“출진하시오.”

“명을 받듭니다.”

명을 내린 이후 바티스타 공작은 이 기쁜 소식을 황제에게 전하기 위해 통신실로 향했다.

그 시각 바티스타 공작과 거의 동시에 보고를 받은 베나비데스 공작은 얼굴을 딱딱하게 굳힐 수밖에 없었다.

“몬스터들이 밀리고 있다고?”

“그렇습니다.”

“그⋯⋯.”

“용병왕이라는 놈 때문입니다.”

“용병왕이 괜히 용병왕이 아니란 말인가?”

“그런 듯합니다.”

“한데⋯⋯.”

“⋯⋯.”

말을 흐리는 베나비데스 공작. 그에 그와 함께하는 세 명의 핵심 참모는 긴장한 듯 그를 바라보았다.

“그놈들은 어떻게 된 거지?”

“⋯⋯?”

그놈들이라니? 대체 어느 놈들을 말하는 것인가? 하지만 베나비데스 공작은 결코 그것을 말해줄 생각이 없어 보였다. 그때 무표정으로 일관하던 체이스 백작이 나직하게 입을 열었다.

"회색 오크 대족장을 말씀하시는 것입니까?"

"그래. 그놈들은 대체 뭘 하는 거지?"

"그것이 아직······."

"소식이 없다?"

"그렇습니다."

"보고를 하지 않는 것인가?"

"그렇습니다."

"이것을 어떻게 해석해야 하지?"

"아마도 벗어나려는 발버둥이 아니겠습니까?"

"발버둥도 발버둥 나름이지. 감히 로드의 은총을 벗어나려 하다니······."

"놈들은 그렇게 걱정하실 필요 없을 것입니다."

"블러드 호문클루스 때문인가?"

"그렇습니다."

"그래, 그렇겠지. 한데 문제는 그들이 아니지."

그때 조심스럽게 품속에 있던 수정구를 응시하던 치카틸로 백작이 음산하게 입을 열었다.

"준비가 완료되었다고 합니다."

"준비?"

뜬금없는 말에 되묻는 베나비데스 공작.

"드렉타스의 전언입니다."

"오크 놈?"

"그렇습니다."

그에 눈썹을 꿈틀거리는 베나비데스 공작. 심히 마음에 들지 않는다는 듯한 표정이다. 하지만 이내 무표정을 가장하고 다시 입을 열었다.

"무슨 준비?"

"황도 공격입니다."

"허어~"

밑도 끝도 없이 황도를 공격하겠다는 말이 나오자 베나비데스 공작은 잠시 말을 잃더니 이내 그 뜻이 무슨 뜻인지 알아차리고 나직하게 탄성을 내뱉었다.

"오크 주제에 머리를 쓴 건가?"

"그런 듯합니다."

"하면 우리가 해야 할 일은 정해져 있군."

"그렇습니다."

대번에 드렉타스 오크 대족장의 의도를 파악한 베나비데스 공작이다. 오크임에도 불구하고 상상조차 할 수 없는 작전을 꾸민 드렉타스 오크 대족장도 대단하지만 그 의도를 단번에 꿰뚫은 베나비데스 공작 역시 대단한 자임이 분명했다.

사실 베나비데스 공작은 오크 대족장 드렉타스를 용병보다 더 낮게 보았다. 하지만 이번 일로 심장 한쪽이 섬뜩해짐을 느낄 수 있었다. 이 한 번의 공격을 위해 수만의 오크와 수백만의 몬스터를 미끼로 던졌기 때문이다.

목적을 위해서 어떤 수단도 망설이지 않는 대담함과 함께 동족을 던지는 잔인함까지 갖췄다.

'오크 주제에 제법이군.'

베나비데스 공작은 드렉타스 오크 대족장을 다시 생각하게 되었다. 같은 로드 아래 있으나 전혀 다른 세력. 결국 로드의 총애를 두고 경쟁해야 할 경쟁자였다. 그럼에도 그는 오크를 경쟁 상대로 생각하지 않았다.

하지만 이제는 그 생각을 바꿔야만 했다.

'기회가 된다면 제거해야겠군. 싹이라는 것은 발아하기 전에 제거해야 하는 것이 옳다.'

그렇게 경각심을 가졌다. 그리고 다시 현실로 돌아왔다.

"오크 주제에 우리의 능력을 보고자 하는군."

"그렇습니다."

오크 대족장 드렉타스가 원하는 건 동족과 몬스터를 희생해 황도를 칠 방안을 마련하고 행동에 옮겼으니 자신을 안으로 들여 계획을 완성할 수 있게 능력을 발휘하라는 것이다.

내부에서 열지 않는다면 수백만이 된다 할지라도 황도의 점령
은 결코 쉽지 않을 테니 말이다.

"방안을 내놔."

"시간이 필요합니다."

"하루! 그 이상이면 필요 없지."

"알겠습니다."

베나비데스 공작의 말에 말없이 고개를 끄덕이는 세 명의
참모. 아마 그들도 자존심이 상했을 것이다.

겨우 오크에게 시험받는 자신들이다. 만약 해내지 못한다
면 분명 자존심이 크게 상할지도 모른다.

CHAPTER 2

황도의 위기 Ⅰ

　"이상해."

　아론은 팔짱을 낀 채 나직하게 입을 열었다. 그의 얼굴엔 상당한 고심이 깃들어 있었다. 그에 모든 이의 시선이 그에게로 향했고, 유리피네스가 물었다.

　"뭐가 말인가요?"

　"왜 안 보이지?"

　"……?"

　밑도 끝도 없는 아론의 말에 의문의 눈동자를 한 유리피네스. 아니, 그녀만이 아니라 여기 있는 모든 이 역시 마찬가지였다. 그 와중에 조용히 있던 카툼과 브라이언이 아론의 말을 이해했는지 고개를 끄덕이며 반응을 보였다.

"확실히 이상하군."

"그렇군요."

둘의 대화가 답답했는지 제라르가 불퉁하게 입을 열었다.

"아나, 대체 뭔 말이유? 나도 좀 압시다."

"아, 그래."

그에 브라이언이 반응했다.

"이 모든 일의 근원은 바로 회색 오크란 말이지."

"그야 뭐, 다 아는 사실이잖수."

"그래, 그렇지. 그런데 회색 오크들이 어디 있지?"

"뭔 소리유? 지금까지 싸운 놈들이 회색 오크 아니우."

"그렇지. 그런데 그 회색 오크들을 지휘하는 진정한 존재들은?"

"지휘부?"

"그렇지. 대족장이나 대주술사, 혹은 대전사들은 대체 어디 있지?"

"그야……."

"물론 이곳이 아닌 다른 곳으로 갈 가능성도 있지. 하지만 다른 전선에서도 그놈들을 봤다는 말이 나오던가?"

"모를 수도 있잖수."

"모를 수도 있겠지. 하지만 그들은 오크족을 통합한 회색 오크의 대족장을 따르는 이들이야. 그런 이들이 절대 약할 수 없지. 그런데 어떻게 그런 이들에 대한 소문이나 보고가 단 하나도 없지?"

"그렇군. 왜 그들에 대한 정보를 단 하나도 접하지 못했는지 모르겠군."

그제야 모여 있던 이들은 퍼뜩 정신을 차린 듯한 목소리를 냈다.

"그래서 이상하다는 이야기지."

그러면서 아론은 카툼을 바라봤다.

"어떻게 생각하나?"

"흐음."

아론의 질문에 카툼은 팔짱을 낀 채 긴 생각에 잠겨 들었다. 한참 동안 생각에 잠겨 있던 그가 마침내 무심하게 입을 열었다.

"드렉타스, 그는 과격하기는 하지만 결코 어리석지 않다."

"그렇겠지. 널 끌어내릴 정도면 어느 정도 머리가 있다는 말이지."

"그렇지. 그리고 그는 상당히 호전적이다. 충분히 능력도 있고 앞으로 나서 싸우는 것을 선호하는 성격이지."

"그런 그가 왜 보이지 않지? 내가 알기로 그는 인간을 극히 중오하는 것으로 알고 있는데."

"무언가 꾸미는 것이지."

"그 무언가가 뭘까?"

그때 무언가를 떠올린 듯 브라이언의 얼굴이 딱딱하게 굳었다. 그에 아론의 시선이 그에게로 향했다. 지금 모여 있는 이들 중 브라이언을 뛰어넘을 정도의 두뇌를 가진 이는 없었다.

실제 그의 무력이 다른 이들보다 약간 처지는 이유는 그의 특기가 무력이 아닌 두뇌였기 때문이다. 그리고 그런 자신의 장점을 알기라도 하듯이 다른 이들보다 빨리 상황을 판단하며 정리했다.

"만약 말입니다."

"언제나 작전은 만약에서부터 시작되는 거지."

"지금 저 몬스터들이 미끼라고 하면 어떨까 생각해 봤습니다."

"저들이 미끼라고?"

"예."

사람들은 눈살을 찌푸렸다. 오크 일족은 물론이고 수백만이 넘어가는 몬스터였다. 그런 그들이 주력이 아니고 단순히 미끼라니……

"아무리 미쳤다고 하더라도 그건……"

"아니, 그라면 충분히 그러고도 남지."

사람들은 부정적으로 입을 열었다. 하지만 다시 들려오는 카툼의 말에 입을 닫을 수밖에 없었다. 사실 현재 이 상황을 만든 드렉타스를 가장 잘 아는 이가 바로 그였기 때문이다. 그런 그가 드렉타스의 미친 짓이 미친 짓이 아니라고 말했으니 어쩌면 당연한 행동이라 할 만하다.

"그런데 대체 무엇을 하기 위해서 이런 말도 안 되는 짓을 한다는 말이우?"

"그것을 이제부터 알아봐야겠지."

"어떻게 말이우?"

"일단 이렇게 대규모 병력을 움직여 미끼로 사용한 이유가 어디에 있느냐 하는 것이지."

"아니, 그놈 머릿속에 들어갔다 나온 것도 아닌데 그걸 어떻게 알 수 있수?"

"객관적인 상황을 수집한 후에 타당한 추론을 이끌어내야겠지."

"객관적인 상황이라 해봐야 몬스터들이 겁나게, 허벌나게, 징하게 많이 쏟아져 나온다는 것 정도?"

제라르의 무식한 발언에 브라이언이 슬쩍 미소를 떠올렸다. 이 상황에서 제라르의 말은 긴장을 충분히 풀어줄 만했다. 제라르 역시 그레이트 마스터인 이상 범인을 뛰어넘는 두

뇌를 가지고 있음이 분명하다.

그런 그가 상황을 모를 이유가 없으니 이것은 어느 정도 의도적인 발언이라 할 수 있었다. 그렇기 때문에 제라르의 무식한 말에 미소를 떠올린 브라이언이다.

"일단 몬스터들의 진행 방향을 살펴야겠지."

"진행 방향?"

반문하며 고심하는 제라르. 그는 고심하면서도 연신 넓은 지도를 살피는 데 게을리하지 않았다. 그리고 그들은 하나의 사실을 알 수 있었다. 분명 어떤 방향성은 있었다. 그 방향성이 동시다발적이어서 제대로 알 수 없을 정도였다.

하지만 그 방향성 모두가 한결같이 황도를 중심으로 둥글게 모여들고 있다는 것이다.

"황도로군."

아론과 카툼이 동시에 입을 열었다.

"그렇습니다. 황도를 중심으로 점점 모여들고 있습니다. 사방으로 퍼진 듯싶지만 결국 그 방향성은 한곳으로 향하고 있습니다."

"바로 황도."

"그렇습니다."

"그렇다면 이것은 시선을 분산시키기 위한 미끼겠군."

"그렇습니다."

"그리고 그들은 황도로 향했겠군. 대주술사가 있으니 공간을 격하는 것은 어렵지 않을 것이고."

"예측이 맞는다면 그럴 것입니다."

"황도가 위험하겠군."

"아마도."

"어찌 그럴 수가……."

지금까지 한마디도 내뱉지 않고 있던 주시에르 백작이 격한 반응을 보였다. 하지만 아론은 별로 그를 신경 쓰지 않았다.

"그렇다면 황도가 점령될 확률은?"

"동조자가 없다면 힘들 것입니다. 하지만 내부에 동조자가 있다면 그리 어렵지 않을 것입니다."

"황실 근위기사단과 황실 마탑이 있어도?"

"중요한 것은 황도에 존재하는 병력이 아니라 누구를 믿을 수 있느냐는 것입니다."

"그렇군, 과연 그래."

"하나 황도방위군과 근위기사단, 그리고 황실 마탑은 절대……."

"누가 그것을 장담할 수 있을까? 지금 당장 몬스터라 여기는 오크들이 저렇게 대규모의 몬스터를 미끼로 사용한 것을 믿지 못하고 있지 않소."

"그야……."

"변했으면 변했다고 인지해야 하는데 내가 보기에는 귀족들과 기사들은 자신들이 보고 싶은 것만 보고, 듣고 싶은 것만 듣고, 믿고 싶은 것만 믿더구려."

"그야……"

아론의 말에 주시에르 백작은 별다른 말을 할 수 없었다. 정작 자신조차도 오크들이 생각을 하고, 작전을 짜며, 인간의 말을 완벽하게 구사할 줄 몰랐다. 직접 눈앞에서 벌어지는 일을 보고서도 말이다.

그런데 자신이 황도로 서신을 보내고 통신을 한다고 보내면 도대체 그것을 믿어줄 사람이 누가 있을까? 오히려 정신병자 취급을 당하지 않으면 다행이다. 하지만 굳이 그런 걱정을 할 필요가 없었다.

"가지."

"어디를……?"

"통신을 해서 알려야 하지 않겠소."

"하지만……"

"일단 중앙 사령부의 바티스타 공작에게로 연락을 취해야 하지 않겠소?"

"아!"

그제야 탄성을 지르는 주시에르 백작. 자신의 말은 몰라도 제국의 제1공작인 바티스타 공작의 말이라면 달라진다. 거기에 이번 몬스터 소탕을 위해 중앙군 사령관을 맡고 있는 그이다.

그리고 결정적으로 황제 역시 그를 절대 무시할 수 없고, 황제에게 절대적인 충성을 바치는 그이니 어쩌면 최선의 선택이라 할 수 있었다. 하지만 한 가지 드는 의문은 과연 그가 용병왕의 말을 들어줄 것이냐는 점이다.

'그래도 일단은 통신을 취해보는 것이 옳겠지.'

되든 안 되든, 아니, 반드시 성공해야만 했다. 그렇지 않으면 이 제국은 오크들의 손에 떨어지고 말 것이다. 그는 이전과 달리 이미 오크들을 하나의 적으로 생각하고 있었다. 그것도 감당하기 힘든 적으로 말이다.

"가십시다."

아론의 말에 바로 반응해 안내를 자처하고 나섰다. 그는 마음이 급했다. 그때 유리피네스를 비롯한 인간과 교류하고 있는 여섯 개 종족의 대표가 자리에서 일어났다. 인간과 다르게 이종족은 절대 거짓말을 하지 않는다.

그들과 적극적인 교류를 하거나 혹은 그들을 귀족으로 인정하지는 않지만 진실을 꿰뚫어 본다는 것 자체는 인정해야만 했다. 그들이 모두 나선다면 공작이라 할지라도 결코 믿지 않을 수 없을 것이다.

'그렇구나. 용병왕의 휘하에는 진실을 꿰뚫어 보는 이들이

있었구나.'

주시에르 백작은 그것을 깨달았다.

'나는 아직도 그를 인정하지 않고 있었구나.'

겉으로 보기에 자신은 명백하게 아론을 인정하고 있다고 생각했다. 하지만 마음속 깊이 그를 따르고 있지는 않았다. 아직도 그를 경시하는 마음을 가지고 있었다. 그를 경시한다는 말은 용병들을 경시한다는 말과 다르지 않았다.

서부 전선을 완벽하게 장악하게 할 수 있는 이유와 연전연패를 당하고 몬스터에게서 귀한 식량과 몬스터의 노예나 먹이로 전락할 제국민을 구해낸 것은 귀족이나 기사들이 아닌 다름 아닌 용병들이었음에도 불구하고 말이다.

그는 안내하면서도 자신의 가슴속 깊이 뿌리내리고 있는 생각을 없애기 위해 고개를 저었다. 이제 그들은 인정해야만 했다. 바벨의 탑과 에퀘스의 성역을 인정하듯이 이들을 그들 세력과 동등한 선상에 놓아야만 했다.

더 이상 과거의 건달이나 부랑아와 같은 용병은 없다. 적어도 여기 서부 전선을 누비고 있는 용병들은 말이다. 그리고 그런 용병들은 어느새 서부 전선에서 중심으로 행동하고 있었다. 여전히 거칠기는 하지만 그 정도쯤은 남자들의 세계에서 애교로 봐줄 정도였다.

이런저런 생각을 하며 통신실에 도착한 주시에르 백작은 곧

바로 통신으로 바티스타 공작과 연결했고, 간단하게 대화를 한 후 곧바로 아론에게 주도권을 넘겼다.

―오랜만이오.

"그렇소."

―그런데 대충 들으니 상황이 묘하게 돌아가고 있다고 하던데 말이오.

"그렇소."

―자세히 들을 수 있겠소?

"아무래도 오크족의 본대가 황도를 노리는 것 같소."

―황도를 말이오?

살짝 놀란 얼굴로 되묻는 바티스타 공작. 지금까지 그에 대해서 어떤 보고도 듣지 못한 상태였기 때문이다. 그런데 아론에게서 황도 공격에 대한 말이 흘러나왔으니 당연히 놀랄 수밖에 없었다.

서부 전선에서 승전 소식이 있은 이후 동부, 북부, 남부의 곳곳에서 승전 소식이 이어졌기 때문이다. 그래서 이 대규모의 몬스터 침공을 물리칠 수 있을 것이라고 생각했다. 그런데 이게 웬일인가?

갑자기 몬스터들을 조종해 침공을 주도하던 오크족이 황도를 공격한다니 말이다. 도저히 있을 수 없는 일에 잠시 놀란 표정을 지어 보이던 바티스타 공작은 다시 얼굴을 굳히고 침착하게 되물었다.

　ー어디에 근거를 둔 것이오?

　바티스타 공작은 조심스러울 수밖에 없었다. 아론을 절대적으로 신뢰하기는 하나 사안이 너무 커서 그 근거를 제대로 파악하지 못한다면 오히려 베나비데스 공작으로부터 역공을 당할 수 있기 때문이다.

　"그들의 진격 경로를 보면 금방 나올 것이오."

　ー진격 경로를 말이오?

　　　　　*　　　　*　　　　*

　바티스타 공작의 되물음과 함께 참모들이 움직이기 시작했다. 그동안 보고된 몬스터들의 이동 경로를 하나하나 표시하며 파악한 바, 아론의 말이 결코 틀리지 않았음이 증명되었다.

　누군가 와서 바티스타 공작에게 귀엣말로 밝혀진 바를 전달해 줬다. 바티스타 공작은 고개를 끄덕인 후 아론에게 물었다.

　"어느 정도의 병력이라 생각하고 있소?"

　ー대략 오만 내외이지 않을까 하오.

　"그 정도라면 황도에서 감당하지 못할 수는 아니오."

─물론 그럴 것이오. 하지만 만약 황도 내에 그들과 동조하는 세력이 있다면 어떻게 할 것이오?

"그런……."

생각하지 못했다.

'이유는 그들이 오크라는 데 있군. 또 방심했군. 그렇게 당했으면서도 말이야.'

그에 바티스타 공작은 속으로 혀를 찰 수밖에 없었다. 아직도 방심하고 있다니. 도대체 이게 말이 되느냔 말이다. 용병왕이 처음 탄생했을 때도 그랬고 그와 결투를 벌이는 기사 출신 귀족을 보면서도 그랬다.

용병왕이 용병들을 이끌고 서부 전선에 투입되었을 때도 그랬다. 그들을 믿지 못하고 얼마나 마음 졸이며 그 이후의 대책을 준비하고 있지 않았는가? 성공 확률을 거의 1할 미만으로 잡은 것도 그렇다.

"그렇다면 누구를 예상하고 있소?"

─본왕은 황실 마탑을 의심하고 있소.

"황실 마탑이라……."

충분히 개연성 있는 추측이었다. 하지만 섣불리 동조할 수는 없었다. 황실 마탑은 제국을 떠받드는 2대 무력 중의 하나이지 않은가? 그리고 그곳은 이미 귀족파의 수장이자 재상으로 있는 베나비데스 제2공작이 장악하고 있는 곳이다.

충분히 개연성이 있기는 하지만 어떤 증거도 없이 그를 몰아붙이기에는 힘들었다. 더군다나 자신은 지금 중앙군 총사령관으로서 몬스터의 공격을 막아내고 물리쳐야 하는 명령을 받고 있다.

때문에 현재 황도는 오로지 베나비데스 제2공작이 운영하고 있다고 해도 과언이 아니었다. 물론 황실 근위기사단장이 있기는 하지만 세력적으로 아무래도 밀리는 것은 사실이었다.

"하지만 함부로 행동할 수는 없소."

─물론 그렇겠지만 경각심은 줄 수 있소.

"그야 그렇지만……."

─경각심을 주고 시간을 버시오.

"그리하면?"

─이곳의 정예 용병을 빼서 황도로 갈 것이오.

"그것이 가능하겠소?"

─가능해요.

그때 유리페네스가 답했다.

"정예가 대체 얼마나 되기에……."

그는 그저 몇백 명 정도로 생각할 수밖에 없었다. 지금까지 바벨의 탑의 마탑주조차도 삼백 명 이상의 대규모 텔레포트를 성공시킨 적이 없다.

─마법진을 그리면 되지요.

"마법진을 그린다 하더라도 마력을 당해낼 수 없다면……."

―그건 걱정하지 않아도 되오. 마정석은 충분하니까요. 대신 비밀을 지킬 수 있는 마법사가 필요해요.

"마법사 말이오?"

―그래요.

"마법사라……. 비밀을 지킬 수 있다면 아무나 상관없소?"

―적어도 마법진을 그릴 수 있어야 하겠지요.

"있소."

―그렇다면 대규모의 병력을 수용 가능한 장소가 있나요?

"대규모라면?"

―오만은 되어야 하지 않겠어요?

"오, 오만 말이오?"

―그래요.

"허어~"

바티스타 공작은 헛바람을 일으킬 수밖에 없었다. 일이백도 아니고 일이천도 아니고 무려 오만이다. 말이 오만이지 도대체 오만이라는 수가 얼마만큼 대단한 수일까? 짐작조차 할 수 없었다.

그리고 지금까지 아무리 마법진이라고 할지라도 오만의 병력을 한꺼번에 이동시킬 수 있는 텔레포트를 시전했다는 말은 들어보지도 못했다. 그런데 이 이종족 용병은 마치 당연하다는 듯이 담담하게 그 말을 꺼냈다.

그것도 아주 간단하게 말이다. 그 태도에 바티스타 공작은 한동안 말없이 영상 속을 바라보았다.

─있나요?

"한꺼번에는 아무래도⋯⋯."

─순차적으로도 상관없어요. 다만 다른 이들의 눈에 띄지 않아야 하겠지요.

"으음, 일단 황제 폐하께 상신을 해봐야겠소."

─그렇게 하세요.

그녀가 물러나고 다시 아론이 모습을 드러냈다.

"한데⋯⋯."

─왜 베나비데스 공작을 의심하느냐는 것이오?

"그렇소."

─그것을 설명하자면 꽤 긴 시간이 필요하오.

"그렇다면 통신으로 대화할 수 없겠구려."

─그렇소.

"그런데 그것을 확신하오?"

─틀릴 수도 있소.

"끄응."

자신의 의견을 피력해 관철시키려 하지 않았다. 아론은 분명히 알아듣게 말을 했고, 그것을 황제 폐하께 상신하는 것은 바티스타 공작의 일이다. 어찌 보면 커다란 공을 그에게 미룬 것이고, 어떻게 보면 살아남기 위한 간교한 수라고 할 수도 있었다.

하지만 바티스타 공작은 자신에게 공을 넘기려는 아론의 선택이라고 생각했다. 길지 않은 시간 동안 보아온 아론은 결코 신의를 가지고 장난하지 않을 사람이 분명했기 때문이다.

자신이 말한 바를 반드시 지키고 말을 잘하지는 않지만 일단 말을 내뱉기 이전까지 심사숙고하며 행동이 진중했기 때문이다.

'그렇다면 그의 말을 믿어야 하는데…….'

믿어야만 했다.

자신은 그의 말을 믿는다. 결코 헛소리를 할 위인이 아니었다. 그에 바티스타 공작은 마음을 굳혔다. 한번 믿어보기로. 아무런 증거도 없지만 그를 믿어야만 할 것 같았다. 그래야 이 모든 상황이 정리될 것 같은 느낌이 강력하게 들고 있기에 마침내 결정을 내린 것이다.

"알겠소."

─준비하면 되겠소?

"그러시오."

─언제까지 하면 되겠소?

아론은 마치 이미 정해졌다는 듯이 말했다.

"적어도 3일 이내일 것이오."

—알겠소.

그러면서 통신을 끊는 아론. 이제 모든 것은 바티스타 공작
에게 달렸다. 바티스타 공작은 잠시 생각에 잠긴 이후 곧바로
통신을 연결했다. 황제 직통 라인을 통해서이다.

*　　　　*　　　　*

"어떻게 되었나?"

"준비는 완료되었습니다."

"완벽하게?"

"두어 곳은 문제가 있습니다."

"문제가 있다? 그 말은 우리에게 넘어오지 않는다는 말이겠
지?"

"그렇습니다."

"언제까지 완료할 수 있겠나?"

"시간이 조금 필요합니다."

"기다릴 시간이 없다."

"하지만……."

"내가 처리하도록 하지."

"직접 움직이실 필요까지는……."

"시간이 없어. 만약 완료하지 못한다면 우리는 로드께 어떤 변명도 하지 못해. 오크 따위에 호응하기는 싫지만 그렇다고 로드의 명을 어길 수는 없지. 다만 후에 단단히 그 한계를 알려줘야겠지."

"영명하신 판단입니다."

베나비데스 공작의 말에 수석 참모인 체이스 백작이 무표정하게 예를 취했다. 그러거나 말거나 신경 쓰지 않고 베나비데스 공작은 그 자리에서 사라졌다. 그런데도 체이스 백작은 허리를 펴지 않았다.

한참 동안 그렇게 있던 체이스 백작이 느릿하게 허리를 펴며 베나비데스 공작이 사라진 방향을 무심하게 바라보고는 나직하게 입을 열었다.

"로드께 불경하지만 않는다면 죽이지 않으마."

그의 무심한 눈빛이 빛났다. 하지만 정작 당사자인 베나비데스 공작은 그 자리에서 사라지고 없었다. 체이스 백작이 나직하게 경고하는 그 시각, 베나비데스 공작은 한 귀족의 이마에 검지를 댄 채 무언가를 중얼거리고 있었다.

그 중얼거림이 계속될수록 귀족의 얼굴이 창백해지면서 입에서는 타액과 함께 거품을 일으키면서 전신을 부들부들 떨었다. 그러다 베나비데스 공작의 중얼거림이 끝나자 귀족은 끈 떨어진 연처럼 허물어졌다.

"들어라."

하지만 베나비데스 공작은 여전히 무심하게 말했다. 귀족이 죽거나 말거나 전혀 신경 쓰지 않는다는 표정이다.

"명을……."

끊어질 듯 이어지는 허물어진 귀족의 목소리.

"예정된 시각에 문을 열라."

"명을 따릅니다."

"로드께서 축복을 내리실 것이다."

"감사……."

감사의 말조차 듣지 않고 베나비데스 공작은 다시 움직였다. 그가 사라진 공간에는 어둠의 바람만 휘몰아칠 뿐이다.

*　　　*　　　*

"그것이 정말이오?"

"그렇사옵니다."

"허어, 어찌 그런 일이……."

제이니스 제국의 황제는 한동안 허공을 지켜보고 있었다.

"확신하는 것이오?"

"그를 믿을 뿐이옵니다."

"정녕 그를 믿고 이 일을 행해야 하는 것이오?"

"그러하옵니다."

"어찌……."

"폐하께옵서도 아시다시피 그는 아우슈반츠 백작을 소드 마스터로 이끈 스승과 같은 존재입니다. 또한 그는 이미 그랜드 마스터일지도 모르옵니다. 그러한 자가 무슨 의미로 거짓을 알릴 것이옵니까?"

"그렇다고는 하나……."

"대비해서 나쁜 것이 없다고 보옵니다. 아니면 귀족들과 기사들에게 경각심을 심어줄 수 있어 좋고, 그게 사실이라면 제국을 구하고 새로운 제국을 만들 수 있는 토양을 만들 수 있사옵니다."

"으음."

바티스타 공작의 말에 굵은 신음을 흘리는 제국의 황제. 그의 고심은 생각 외로 길었다. 그러나 바티스타 공작은 재촉하지 않았다. 그저 침묵으로 황제의 결심을 기다릴 뿐이다. 황제로서도 쉽지 않은 결정임이 분명했다.

지금 바티스타 공작이 말한 것.

바로 베나비데스 공작의 반역 때문이라 할 수 있다.

그는 자신이 펼치는 정책의 반대편에 서 있는 사람임에 분명했다. 하지만 그런 자라 할지라도 제국의 발전을 위해서는 필요한 사람이다. 그래서 그를 포용하고자 했다. 하지만 반역이라면 문제가 달라진다.

그가 정책에 반대해도 더 나은 정책을 위해 필요한 일이라 생각하고 받아들였다. 그런데 그것이 아니었다. 그는 반역을 꿈꾸고 있었다. 마법사들을 위한, 귀족들을 위한 제국을 위해 자신을 쳐내기로 한 것이다.

이것은 진정 용납할 수 없는 일이었다.

하지만 중요한 것은 그것이 부정확하다는 점이다. 설명할 수 없는 용병왕이란 자의 진심을 믿을 수밖에 없었다. 베나비데스 공작은 제국을 위해 오랫동안 투신한 귀족 가문 중의 귀족 가문이다.

그런데 그런 귀족 가문을 믿지 않고 안 지도 얼마 되지 않은, 그 출신조차 비천한 용병의 말을 들어야만 했다. 보통의 상황이라면 황제는 당연히 귀족을 택했을 것이다. 하지만 지금은 절대 보통의 상황이 아니었다.

제국의 위기 상태였다.

모든 귀족에게 자구책을 강요하고 제국 전역으로 수없이 많은 몬스터가 들끓고 있었다. 물론 용병왕이라는 존재 덕분에 그 모든 것이 일소되기는 했지만 제국 전역에서 벌어지는 전쟁은 끝나지 않았다.

그 와중에 이 모든 사건을 일으킨 원흉인 오크족의 대족장이 대주술사와 정예 오크족을 이끌고 황도를 공격하기 위해 움직였다는 것에 참을 수 없는 치욕감을 느꼈다. 제국 역사상 언제 몬스터로 취급받던 오크들에게 황도가 공격을 받았던 가?

이것은 치욕이라고 할 수 있었다.

그러하기에 바티스타 공작의 반역이라는 말에 고심하지 않을 수 없었다. 하지만 결코 쉽게 결정을 내릴 수 없었다. 그는 다시 바티스타 공작을 바라봤다.

"공작은 어떻게 생각하시는가?"

"타당하다고 생각되옵니다."

"타당하다?"

"그렇사옵니다. 현재 제국 전역을 전쟁 속으로 몰아넣고 있는 몬스터들의 이동 방향을 분석해 봤사옵니다."

"그런데?"

"그들은 마치 제국 전역을 포위하듯이 진격하고 있었사옵니다. 용병왕에 의해 서부 전선이 수복되고 연쇄 작용으로 위기의 순간을 벗어나기는 했지만 여전히 몬스터 군단은 제국 곳곳을 짓밟고 있사옵니다."

"하나 이제 몬스터들은 흩어지고 있지 않소?"

"분명 흩어지고 있사옵니다. 단, 그들의 정신을 지배하는 오크족들이 제거된 전장만이 그렇사옵니다. 그 이외의 지역은 아직도 몬스터와 오크의 연합이 제국을 짓밟고 있사옵니다."

"알고 있소. 하나 그들을 이겨낼 수 있잖소."

"폐하, 소신이 두려운 것은 외부의 적이 아닌 내부의 적이옵니다."

"내부의 적… 내부의 적이라……. 그 내부의 적이 베나비데스 공작이란 말이오?"

"그렇사옵니다."

"그자가 짐의 정적이기는 하오. 하나 그렇다고 해서 그가 제국을 사랑하지 않는 것은 아니지 않소."

"사랑이 지나치면 집착이 될 수 있사옵니다."

"그의 제국에 대한 사랑이 집착이란 말이오?"

"집착이자 아집이며, 제국을 멸망의 길에 이르게 할 자이옵니다."

"허어!"

바티스타 공작의 확고한 답에 제국의 황제는 헛바람을 들이켰다. 바티스타 공작은 자신을 절대적으로 지지하는 자다. 결코 자신의 자리를 벗어날 이가 아니었다.

그러하기에 그를 자신의 든든한 배후로 삼은 것이지 않는가? 그런 그가 강력하게 베나비데스 공작을 몰아내자고 말하고 있다.

"그를 몰아낸다면 그의 공백을 어찌할 것이오?"

"그가 없다 해서 제국이 무너지지는 않사옵니다. 또한 고인

물은 반드시 썩게 마련이옵니다."

"그렇기는 하나 베나비데스 공작 가문이 제국을 위해 힘을 쓴 것은 분명하오."

"그 공은 인정하옵니다. 하오나 백 가지의 공이 있다 해서 반역을 용서할 수는 없사옵니다. 모든 것을 차치하고서라도 그가 오크와 손을 잡았다는 것은 절대 있을 수 없는 일이옵니다."

"그것 역시 확증이 없는 것 아니겠소."

"물론 그러하옵니다."

"그렇다면 혐의가 없는 것 아니오?"

"아니옵니다."

"혐의가 있다는 것이오?"

"혐의는 없사옵니다. 하오나 준비는 해야 하지 않겠사옵니까?"

"준비? 준비라……."

고심할 수밖에 없었다.

바티스타 공작은 아직 마음을 정하지 못하고 그 커다란 공백을 걱정하는 황제의 마음을 잘 알기에 한발 물러섰다. 황제도 알고 있었다. 지금이 베나비데스 공작과 귀족파의 세를 줄이기 위한 절호의 기회라는 것을 말이다.

하지만 황제가 생각하고 있는 것은 증거가 아니었다. 바로 명분이었다. 이전투구의 장과 같은 정치판이다. 그 속에서 과연 명분이 중요할까 하겠지만 정치판에서 명분만큼 중요한 것은 없었다.

그래서 황제는 그 명분을 바티스타 공작이 만들어주기를 기대했다.

"그리해야겠지요."

"허락하신 것으로 알고 준비하겠사옵니다."

"그래요. 단, 명심해야 할 것이 있소."

"크게 걱정하지 않으셔도 될 것이옵니다."

"공작을 믿겠소."

"믿음에 반드시 보답하겠사옵니다."

바티스타 공작이 황제의 허락을 득하는 그 순간 베나비데스 공작은 움직일 모든 준비를 완료하고 있었다. 또한 오크 대족장 드렉타스 역시 준비를 마쳤다.

"저곳인가?"

"그렇습니다."

어둠이 가득한 야산.

그곳에 일단의 오크들이 모여 거대한 성을 지켜보고 있었다.

그들은 다름 아닌 오크 대족장 드렉타스와 대주술사가 이끄는 회색 오크 일족의 정예였다.

"연락은?"

"아직입니다."

"무리한 요구였는가, 아니면 머리가 없는 것인가?"

드렉타스는 잔인한 미소를 떠올리며 나직하게 입을 열었다. 그때 주술사 한 명이 다가와 대주술사에게 귀엣말로 속삭였다. 그에 대주술사는 다시 머리를 조아리며 드렉타스에게 고했다.

"준비가 되었다고 합니다."

"그래, 그래도 능력 있는 자가 있던 모양이로군."

"나름 똑똑하다고 자부하는 자들이니 어쩌면 당연한 일일지도 모릅니다. 아니, 조금 늦어진 감이 없지 않아 있으나 그리 크게 경계할 필요는 없다고 생각합니다."

"물론 그들을 경계하지는 않는다. 나는 오크족이 중간계를 점령하고 인간을 노예로 부릴 때까지 인간을 동반자로 받아들일 생각이 없으니 말이다."

"지당하신 생각입니다."

"좋군. 그래서 준비는?"

"완벽합니다."

"인간의 황제만 잡으면 된다. 손에 사정을 둘 필요는 없다."

"하나 노예는 필요하지 않겠습니까?"

그에 드렉타스는 눈살을 찌푸렸다. 마음 같아서는 모두 죽이고 싶었다. 하지만 노예가 필요했다. 정예 전사들을 유지하기 위해서이다. 드렉타스는 고개를 끄덕이며 슬쩍 자신의 옆에서 무표정하게 서 있는, 의문의 마법사가 보내준 블러드 호문클루스의 대장 투쓰를 바라봤다.

처음에는 자신을 감시하기 위한 존재로 의심하기도 했다. 물론 자신에 대한 정보가 저들에게 흘러들어 가기는 할 것이다. 하지만 자신이 의심하고 우려할 만큼은 아니었다.

"먼저 가겠나?"

"명이라면."

"명이다."

드렉타스의 말에 말없이 손을 들어 올리는 투쓰.

"그만!"

그에 손을 올리려다 마는 투쓰.

"제국의 황도를 점령하는 첫 영광을 너희들에게 줄 수는 없지. 안 그런가?"

"충!"

그에 나직하지만 천지를 울리는 듯한 중후한 목소리가 들려왔다. 바로 드렉타스와 좌우를 책임지는 대전사 중 좌장으로 있는 골다르의 목소리였다. 이미 우장인 구카라크는 작전을 위해 다른 곳으로 이동해 있는 상황이다.

"골다르, 어떠하냐?"

"……."

골다르는 대답을 하지 않았다.

"저 성문을 부수고 인간의 황도를 점령할 자신이 있느냐?"

"대족장께서 가능하다면 가능한 것입니다."

"그렇구나. 골다르 너에게 명한다."

"명을 받듭니다."

"인간이 세운 황도로 진격하는 첫 영광을 너에게 준다."

"영광입니다."

명을 받기 위해서 무릎을 꿇고 있던 골다르가 일어섰다. 골다르가 드렉타스를 대하는 태도는 단순히 대족장을 대하는 태도가 아닌, 일국의 왕이나 황제에게 대하는 인간의 태도와 많이 닮아 있었다.

드렉타스가 이끄는 정예 회색 오크 전사들은 알게 모르게 그들 자신들이 오랫동안 고수해 온 전통을 버리고 그토록 증오해 마지않던 인간의 것을 따르고 있었다. 하지만 그 누구도 그런 드렉타스의 행동과 좌장인 골다르의 태도를 지적하지는 않았다.

그들은 이미 욕망에 사로잡혀 있고 어둠에 물들어 있었기 때문에 그런 이성적인 판단보다는 직관적이고 현상적인 것에 집착할 수밖에 없었다. 그들은 지금 자신들이 어떤 행동을 하는지조차 모르고 있었다.

단지 대주술사로서 드렉타스의 옆에 바짝 붙어 그의 모든 것에 참여하는 골쿤을 제외하고는 말이다. 드렉타스가 골다르에게 명령을 내리는 지금 이 순간에도 골쿤은 허리를 굽힌 채 펼 생각조차 하지 않고 있었다.

그는 대주술사임에도 불구하고 드렉타스에게 저항하지 않았다. 아니, 저항하지 않은 정도가 아니라 비굴할 정도로 머리를 조아리고 그의 종이 되기를 자처하고 있었다. 그의 명대로 움직이고, 그가 웃으면 웃고 그가 화를 내면 화를 받아주었다.

누가 본다면 그는 대주술사가 아니라 그저 드렉타스의 노예라고 여길 정도이다. 그러나 고개를 숙이고 허리를 펴지 않은 그의 눈동자는 오히려 새파랗게 빛나고 있었다. 마치 모든 것이 자신이 행하는 대로 흘러가고 있다는 것을 증명이라도 하듯이 말이다.

그 순간 골다르는 이미 출진하고 있었다.

소리를 죽이고 그들은 달려 나갔다. 일부러 소리를 죽인 것이 아니다. 오크들이 타고 있는 다이어 울프에게 지금 이 순간은 전쟁이 아니라 바로 사냥을 할 시간이었다. 저기 돌로 만들어진 거대한 성안에 자신들의 식욕과 파괴욕을 충족시킬 인간들이 가득하다.

특히 가장 선두에 선 골다르를 태운 대장 다이어 울프는 더욱더 난폭해져 있었다.

　　　　　　*　　　　　*　　　　　*

"어, 저게 뭐지?"

"뭐가?"

"저기 저거 말이야."

"어디?"

성벽을 지키고 있던 경비병들은 문득 어둠 속에서 희미한 움직임을 볼 수 있었다.

"그, 글쎄? 저게 대체 뭐지?"

그러면서 고개를 갸웃했다.

"에이, 별거 아닐 거야. 조금 범위가 크긴 하지만 저런 경우가 어디 한두 번인가?"

"그렇겠지?"

그렇게 대화를 나누는 동안 그들을 부르는 신호음이 들렸고, 그들은 빠르게 자신들을 소환하는 소리에 따라 움직였다.

"뭔 일이래?"

"낸들 아나?"

긴급 소환을 당하면서도 두 경비병은 혼란스러운 표정을 지었다. 이런 경우는 비상 훈련을 제외하고는 거의 없었다. 비상 훈련이라고 해도 언제, 어디서 비상 훈련이 있을 것이라고 미리 통보되는 경우가 다반사였다.

그런데 이번 경우는 사전 통보가 없었다. 그러함에도 불구하고 연간 서너 번 있는 비상 훈련 덕분에 신속하게 대비할 수 있었다. 그들은 빠르게 소집 장소에 도착했고, 자신들 이외에 성문을 경계하는 병사들이 모두 모여 있는 것을 알 수 있었다.

"야, 뭔 일이냐?"

평소 친분이 있는 동일 계급의 동료에게 물어보자 그 병사 역시 부동자세를 취한 상태로 영문을 모르겠다는 표정을 지어 보였다.

"다들 주목!"

그때 병사들을 소집한 기사의 외침이 들려오자 다시 자세를 잡은 후 전방을 쳐다보는 병사들이다. 약간의 긴장감이 돌았고, 기사는 단상 위에서 병사들을 쓸어본 후 입을 열었다.

"그동안 제군들의 노고를 치하하는 의미에서 베나비데스 재상께서 특별히 술과 음식을 내리셨다!"

그에 병사들의 눈이 살짝 흔들렸다. 이런 경우는 정말 단한 번도 없었다. 그래서 사실 기쁘기보다는 당황스러웠다. 별다른 날도 아닌데 술과 음식을 내린다는 건 말도 안 되기 때문이다.

더군다나 자신들은 지금 경계를 서고 있는 상황이 아닌가?
그런데 경계를 서는 자신들까지 불러서 술과 안주를 내린다?

'그럼 성문 경계는 누가 하지?'

'뭐… 윗놈들이 알아서 하겠지.'

당황스러워하면서도 병사들은 기사의 명대로 먹고 마시기
시작했다. 조금 특이한 점은 그러는 동안 기사들이 단 한 명
도 보이지 않는다는 것이다. 하지만 이내 고개를 저어 생각을
털어냈다.

'기사들이야 뭐 지들이 알아서 하겠지.'

자신들은 일개 병사일 뿐이다. 하라는 대로 하면 그뿐이다.
기사와 귀족들이 있는데 일개 병사가 나설 이유는 단 하나도
없다. 처음에는 잠시 눈치를 보다 이제는 질펀하게 먹고 마시
며 왁자한 분위기가 연출되었다.

그때 기사 한 명이 병영으로 들어섰다. 병영으로 들어선 기
사는 눈살을 찌푸렸다. 병영임에도 불구하고 경계를 서는 병
사가 없었다. 그리고 술과 음식 냄새가 진동했다.

"이게 도대체 무슨 일인가?"

"알아보겠습니다."

그 기사를 수행하던 기사가 빠르게 병영 안으로 달리기 시
작했다. 그리고 잠시 후 얼굴이 딱딱하게 굳은 채 돌아왔다.

"무슨 일인가?"

"재상 각하께서 술과 음식을 내렸다고 합니다."

"경계는?"

"모른다고 합니다. 경비대장이 직접 술과 음식을 먹고 마시라고 명을 내렸다 합니다."

"경비대장은?"

"찾지 못했습니다."

"기사들은?"

"그들 역시……."

순간 기사는 뭔가 짚이는 것이 있는지 안색을 딱딱하게 굳히며 말했다.

"기사단에 알리고 곧바로 복귀한다."

"명!"

CHAPTER 3

황도의 위기 Ⅱ

　기사의 외침에 뭔가 사달이 벌어진 것을 느낀 기사들은 빠르게 소식을 전파하고 이동하려 했다. 하지만 모든 것은 그들의 생각대로 이뤄지지 않았다. 소식을 빠르게 전파한 것은 상관없었지만 그들의 복귀는 결코 쉽지 않았다.

　"어딜 가는 것이오?"

　"그대는?"

　"당신이 그토록 찾고 있는 경비대장이오."

　"오, 마침 잘 만났군."

　"그래, 잘 만났지."

그러면서 한 걸음 내딛는 경비대장. 그런 그를 보며 뭔가 상황이 이상하게 돌아가고 있음을 느낀 기사는 자신을 따르는 기사들에게 눈짓을 보냈고, 기사들은 조심스럽게 간격을 벌리면서 무기를 잡아갔다.

"흐흐흐, 느낀 게로군."

"느끼다니?"

"죽을 것이라는 걸."

"그것이 무슨 말인가? 반역을 하겠다는 말인가?"

"반역? 반역이라……. 실패한다면 그렇겠지만 성공하면?"

"그런……."

"혁명이지."

"네놈들이 감히……."

"감히? 웃기는군. 이제 곧 죽을 놈이."

"쳐라!"

듣기 싫다는 듯이 기사가 외쳤고, 경비대장은 그럴 줄 알았다는 듯 손을 들어 손가락을 까딱거렸다. 그에 어디에 숨어 있던 것일까? 수없이 많은 궁병이 모습을 드러내며 일제히 화살을 쏘아 올렸다.

"막아!"

기사들은 각자의 무기를 휘둘러 날아오는 화살을 막아냈다. 하지만 쏟아지는 화살은 한 차례로 끝난 것이 아니었다. 계속

해서 쏟아지는 화살 비에 결국 한 명 두 명 화살이 꽂혔고, 치명상은 아닐지 몰라도 그들의 행동을 제약하기에는 충분했다.

"축제다!"

그때 경비대장이 외쳤다. 그의 눈동자는 살벌하게 번뜩이고 있었는데 마치 눈앞에 먹잇감을 두고 노리는 포식자와 같았다. 번들거리는 눈동자와 흥분에 잔뜩 일그러진 입술, 그리고 기사는 그 모습을 바라보며 암울한 표정을 지어 보였다.

'이미 그들의 손에 넘어간 것인가?'

기사는 빠르게 품속에서 무언가를 꺼내 하늘로 쏘아 올렸다. 붉은 폭죽이 하늘에 그려지자 경비대장은 잠시 그 모습을 지켜본 후 자신의 계획이 틀어졌음을 알고 노호를 터뜨렸다.

"죽인다!"

몇 미터나 떨어져 있던 거리를 단걸음에 좁힌 경비대장은 들고 있던 검을 거칠게 휘둘렀다. 기사는 빠르게 스텝을 밟아 그의 검을 피한 후 허리를 잘라 들어갔지만 그는 어느새 방패를 돌려 허리를 막은 이후 무작스럽게 위에서 아래로 내려치고 있었다.

'이런······.'

칼이 방패를 뚫고 들어갔다. 뚫고 들어간 것은 좋은데 그 이후가 문제였다. 방패에 박힌 검이 빠져나오지 않았다. 그런데 상황을 보니 경비대장은 일부러 낡은 방패로 자신의 검을 막은 것이었고, 자신은 행동에 제약이 걸릴 수밖에 없었다.

결국 그 한 수가 자신을 죽음으로 몰아넣을 것이다. 그리고 기사는 한 가지를 깨달았다.

'이자가 나보다 강했던가?'

물론 아니다.

자신은 황실 근위기사단에 소속되어 있다. 황실 근위기사단에 소속될 정도라면 제국에서 수위에 속하는 무력을 지니고 있다는 것과 다르지 않았다. 아무리 제국의 안정이 지속되어 왔고, 황제파와 귀족파의 다툼이 있다고는 해도 여전히 황실 근위기사단은 가장 강력한 기사들이 소속되어 있었다.

그런데 일개 성벽의 경비대장이 근위기사단을 일격에 무력화시키고 있었다. 자신이 이 일격을 막아내지 못한다면 경비대장이 자신의 실력을 숨겼거나 혹은 자신이 알지 못하는 사이 실력이 급증한 것이라고밖에 생각할 수 없었다.

그런데 기사는 전자의 경우는 있을 수 없는 일이라고 단정했다. 그 이유는 자신이 바로 성벽 경비대를 감시하는 역할을 수행하고 있는 기사이기 때문이다. 그러하기에 경비대장의 실력을 너무나도 잘 알고 있었다.

'그렇다면 결국 최근에 어떤 이유로 인해 실력이 폭증했다는 것이 맞겠지.'

그에 기사의 눈동자가 암울하게 변해갔다. 자신은 죽을 것이다. 그것은 변함없는 사실이다. 다만 이 상황을 기사단에 전하지 못하는 것이 문제일 따름이다. 평소의 경비대로 생각하면 반역은 성공할 것이다.

퍼걱!

기사는 경비대장의 검을 피하지 못했다. 머리가 쪼개지고 피와 뇌수가 한꺼번에 쏟아져 나왔다. 자신의 얼굴에 피와 뇌수가 튀어 오름에도 불구하고 오히려 미소를 지으며 입술로 핥아 먹었다.

"크크큭."

그러면서 나직하게 묘한 웃음을 지었다. 그리고 그 선임 기사가 죽는 그 순간 선임 기사를 따르는 모든 기사들이 죽임을 당했으며, 얼마의 시간이 지나지 않아 선임 기사와 함께 온 후임 기사들도 모두 주검이 되어 널브러졌다.

그때 경비대의 기사들과 병사들이 모습을 드러냈다. 음식과 술을 먹고 마시고 있던 병사들 역시 참석해 있다. 처음과는 전혀 달라진 그들의 모습이었다. 눈동자는 살짝 검게 물들었고 얼굴은 창백하게 변해 있었으며 검은색 핏줄기가 얼굴에 돋아나 있었다.

그런 병사들을 흘긋 바라본 경비대장은 예의 무표정한 얼굴이 되어 나직하게 입을 열었다.

"성문으로 간다."

"……."

답은 없었다.

병사들과 기사들은 그의 명을 충실히 따를 뿐이다. 하지만 그들의 움직임은 그리 빠르지 않았다. 경비대장과 기사들 역시 조금은 부자연스러운 모습이기는 했지만 자세히 보지 않는다면 모를 정도였다.

자세히 본다 해도 방금 전 경비대장이 움직인 모습을 본다면 절대 그들의 움직임에 의심을 가질 수 없을 것이다. 그들이 마침내 성문으로 다가갔을 때 성문 경비대장은 무심하게 그들을 받아들이고 있었다.

마치 오랫동안 함께 움직인 것처럼 말이다.

"성문을 내려라!"

성문 경비대장이 외치자 병사들과 기사들이 초점이 맞지 않은 눈동자로 성문을 내리기 시작했다.

쿠르르르릉!

거대한 마찰음을 내며 도개교가 내려가기 시작했다.

쿠우웅!

마침내 도개교가 내려가자 그곳으로 일시에 수만의, 헤아릴 수 없을 만큼의 회색 오크들이 밀려들어 오기 시작했다. 가장 선두로 들어온 회색 오크는 당당하기 그지없었고, 성문 경비대장과 성벽 경비대장은 회색 오크의 등장과 함께 눈을 내리깔고 무릎을 꿇어 상급자로 대하는 예를 취했다.

거대한 크기의 다이어 울프에 올라타고 있는 회색 오크는 오만하게 그런 두 경비대장을 내려다보며 나직하게 으르렁거렸다.

"힘을 받아들인 건가?"

"그렇습니다."

"크큭! 힘이란 좋은 거지."

"물론입니다."

"안내하도록."

"명을 받듭니다."

삼중으로 보호된 황도였다. 가장 외곽의 성벽과 성문은 그렇게 너무나도 허무하게 무너지고 점령되었다. 하지만 삼중 성벽의 가장 외곽을 피 한 방울 흘리지 않고 점령한 오크들의 기쁨은 그리 오래가지 못했다.

세 번째 성과 두 번째 성 사이에 존재해야 할 평민들이 아무도 없었던 것이다. 그에 오만한 표정을 짓고 있던 오크가 나직하게 으르렁거리며 입을 열었다.

"어떻게 된 것인가?"

"…모르겠습니다."

"모르겠다?"

"그, 그렇습니다."

그에 회색 오크는 지체 없이 배틀엑스를 휘둘렀다. 인간의 목을 베는 것쯤은 고블린의 목을 베는 것보다 더 쉽다는 듯이 말이다.

촤아악!

핏물이 튀어 바로 옆에 있던 인간 기사의 얼굴을 뒤덮었다. 하지만 인간 기사는 표정 하나 변하지 않고 얼굴에 튄 피를 닦을 생각조차 하지 않으며 입을 열었다.

"들통난 것이 아니겠습니까?"

"우리의 작전이 발각되었다는 말인가?"

"그렇지 않고서는 평민들이 사라질 이유가 없습니다."

"중간 성벽과의 연결은?"

"연락이 되지 않습니다."

인간 기사의 말에 회색 오크는 눈살을 찌푸렸다. 명백하게 발각된 것이다. 하지만 이내 얼굴을 펴면서 말했다.

"나쁘지 않군. 이 정도는 해줘야 제국의 황도라 할 수 있지."

호승심이 일었다. 그에 인간 기사는 별다른 말이 없었다. 그에 회색 오크는 인간 기사를 내려다보며 입을 열었다.

"성벽을 넘어라."

"충!"

회색 오크는 느긋했다.

이 상황에서 회색 오크의 전력을 깎아먹을 필요는 없었다.

이미 인간들로 이뤄진 병력은 수없이 많았다. 물론 이미 그들은 인간이 아닌 존재가 되기는 했지만 어쨌든 저들을 이용하면 될 것이다.

'오크들을 위해 인간과 인간이 싸우는 것을 지켜보는 것도 괜찮겠군.'

회색 오크는 그렇게 생각하고는 날카로운 송곳니를 드러내며 웃었다. 그가 그렇게 생각하는 동안 인간이되 인간이 아닌 존재들이 두 번째 성벽을 향해 미친 듯이 달려 나가기 시작했다. 처음에 보이던 조금은 부자연스러운 모습은 온데간데없었다.

아니, 오히려 인간이었을 때보다 더 빠르게 두 번째 성벽을 향해 내달리기 시작했다. 그 모습이 마치 아귀와 같았다. 마법사들이 본다면 그 모습이 어떤 모습인지 단박에 알 수 있을 정도였다.

"캬아아악!"

성벽을 향해 달려가는 그들은 두 다리로만 달리지 않았다. 어느새 엎드려 두 팔과 다리를 이용해 달려갔고, 입에서는 인간의 소리가 아닌 몬스터의 외침과도 같은 소리가 흘러나오고 있었다.

하지만 중간의 성벽에서는 어떤 반응도 없었다. 그러거나 말거나 어둠의 힘에 의해 변질되어 버린 인간 기사와 병사들은 미친 듯이 네 발로 성벽을 향해 내달렸다. 한 명의 인간이

펄쩍 뛰어 성벽을 오르다 주르륵 흘러내렸다.

하지만 변질된 인간들은 결코 멈추지 않았다. 그러면서 점점 하나의 층이 형성되었고, 그 높이는 점점 더 높아졌다. 쌓이고 또 쌓여 그렇게 성벽의 중간을 넘어서는 순간 성벽 위에서 일제히 병사들이 모습을 드러냈다.

"부어라!"

누군가의 외침이 어둠 속에서 울려 퍼졌다. 그리고 커다란 항아리와 같은 것이 모습을 드러내더니 일제히 그 내용물이 쏟아져 내렸다. 그에 탑을 쌓아 성벽을 넘으려던 인간들이 미끄러지기 시작했다.

"저건……."

"기름입니다."

"기름?"

왠지 불안했다.

갑자기 기름이라니.

그리고 그 불안감은 현실이 되었다. 불안함에 성벽을 바라보고 있을 때 성벽에서 수없이 많은 횃불이 떠올랐다. 그리고 불꽃이 되어 성벽 아래로 던지기 시작했다.

"크으음!"

그것을 바라보는 회색 오크들은 신음성을 흘릴 수밖에 없었다. 전투가 쉽게 흘러갈 줄 알았다. 그런데 이미 인간들은 철저하게 준비하고 있었다. 자신들이 어떻게 나올지 정확하게 알지는 못했겠지만 모든 가능성을 열어두고 준비한 것이다.

여러 가지의 경우의 수를 생각하고 준비했을 것이고, 그 상황에 맞게 적재적소에 그 방법을 사용하고 있었다. 단 한 번이지만 회색 오크들은 그것을 느낄 수 있었다.

화르르륵!

기름을 부은 탓에 변질된 인간들이 타오르기 시작했다. 그 불길은 너무나도 강렬해서 지켜보고 있는 이들조차도 함부로 접근할 수 없을 정도였다. 하지만 변질된 인간들은 멈추지 않았다.

이미 그들의 뇌에는 완벽하게 각인되어 있었다.

전진, 오로지 전진뿐이었다.

죽을 줄 알면서도 그들은 불을 향해 달려갔다.

"캬아아악!"

그 모습은 공포 그 자체였다. 그런 자들을 본 성벽 위 병사들의 얼굴이 굳었다.

"죽을 줄 알면서도 달려들다니."

"인간이 아니니까."

"뜨거움도 모르고 인성조차도 말살된 자들이다."

"알고 있습니다. 하지만 왜……?"

"그들을 막지 않았냐고?"

"그렇습니다."

"자네라면 어떻게 했겠는가?"

"저라면……."

귀족의 물음에 기사는 잠시 망설였다. 그러다 결국 체념한 듯 말했다.

"…다르지 않았을 겁니다."

"그래, 그나마 황도에 머물고 있는 제국민을 살릴 수 있는 것이 우리의 최선이었다. 만약 저들까지 살리려고 했다면 오크들은 결코 성벽을 넘지 않았을 것이다."

"…죄송합니다."

"나에게 죄송할 것은 없지. 조금 더 일찍 저들의 의도를 알고 서둘렀다면 이런 상황은 벌어지지 않을 수도 있겠지."

"그건… 역시 가정일 뿐이지 않습니까?"

"그렇지. 그나저나 내성에서는 잘하고 있는지 모르겠군."

"잘할 것입니다."

"그래, 그래야겠지."

그러면서 귀족은 내성 쪽으로 시선을 돌렸다. 그곳은 조용하기 그지없었다. 어떤 함성도, 불길도 일어나고 있지 않았다.

*　　　*　　　*

"거병한다."

"명을 받습니다."

베나비데스 공작이 결정을 내렸다. 그에 수석 참모인 체이스 백작이 명을 받았다. 동시에 베나비데스 공작의 두 손이 하늘로 향하자 눈이 점차 검게 변해가며 검은색 안개가 그를 중심으로 점점 짙어졌다.

콰드드등!

쿠궁!

쿠구구궁!

어두운 하늘로부터 천둥이 치고 번개가 내려쳤다.

짜자자자작!

버번쩌억!

콰가가강!

그리고 땅에 그대로 작렬했다.

쩌적!

들썩들썩!

그에 번개가 내리친 대지가 검게 물들었고, 검게 물든 대지가 들썩이며 무언가 불쑥 솟아났다. 불쑥 솟아난 것은 바로 뼈였다. 손가락이 나오고 이어 팔, 머리, 몸통, 골반, 그리고 발까지 모두 모습을 드러냈다.

바로 스켈레톤이었다.

검을 들고 있기도 했고, 창을 들고 있기도 했으며, 활을 들고 있기도 했다. 낡고 해진 망토를 두르고 지팡이를 들고 있는 스켈레톤도 모습을 드러냈다. 뼈로 이뤄진 말과 목을 들고 있는 기사, 그리고 검은 말을 타고 온통 검은색 풀 플레이트 메일을 입은 기사도 모습을 보였다.

쿠르르릉!

쿠우우웅!

또다시 천둥과 번개가 내려쳤고, 마침내 귀청을 찢어버릴 듯한 소리가 그치고 번개도 그쳤다. 검은색의 해골마를 탄 풀 플레이트를 입은 기사가 말을 몰아 베나비데스 공작 앞으로 온 후 검을 거꾸로 들어 두 손으로 들고 고개를 숙였다.

"명을……."

"아군을 제외하고 살아 있는 모든 것을 소멸시켜라."

"명을… 따릅니다."

그러고는 검은색의 대검을 들어 올리며 말고삐를 잡아챘다. 그에 해골마가 앞발을 높이 들어 올린 채 소리 없는 울음을 운 후 앞으로 달려 나가기 시작했다. 그 뒤를 이어 이루 헤아릴 수 없을 정도로 많은 스켈레톤이 달려 나가기 시작했다.

그 모습은 실로 장관이어서 보는 이로 하여금 전율이 일게 했다. 베나비데스 공작은 수적으로 불리한 현 상황을 흑마법으로 스켈레톤을 소환함으로써 해결하고 있었다. 그는 그 대단한 모습에 자신들의 승리를 믿어 의심치 않았다.

"어떻게 되었나?"

"이미 황궁을 향해 출발했습니다."

"좋군."

상황이 좋았다.

황제는 자신의 움직임을 전혀 눈치채지 못했고, 앙숙과도 같던 바티스타 공작은 전선에 나가 있다. 있는 것이라고는 황실 근위기사단밖에 없었다. 물론 황도 방위사령부가 있기는 했지만 그들은 외부로부터 들어오는 오크를 막기에도 벅찰 것이다.

거기에 마법 전력은 이미 자신의 사조직과도 같았으니 문제될 것이 없었다. 거기에 흑마법에 의한 스켈레톤 군단이 있으니 승리하지 못할 이유가 없었다.

"가지."

그러면서 느릿하게 걸음을 옮기는 베나비데스 공작. 그가 향하는 곳은 바로 황제의 거처였다. 그런데 이상하게 황제의 거처로 가는 길에 어떤 제재도 없었다. 그렇게 자주 보이던 근위기사단도 없고 호위 천인대 역시 없었다.

"흐음……."

살짝 이상함을 느낀 베나비데스 공작은 이내 고개를 끄덕이고는 지금 이 상황을 긍정적으로 생각했다.

'그럴 수밖에 없으리라.'

이미 오크들은 진격을 시작했다. 삼중 성벽 중에 가장 외곽의 성벽은 함락했을 것이고 두 번째 성벽 역시 마찬가지일 것이다. 물론 약간의 저항이 있을 것이다. 진짜 전쟁은 바로 두 번째 성벽이라고 할 수 있었다.

황도 방위사령부는 바로 이 두 번째 성벽을 지키기 위해 전력을 투사할 것이고, 만약을 대비해 내성 수비대는 세 번째 성벽에 투입되었을 것이다. 황실 근위기사단 역시 마찬가지이다.

내성과 황궁은 지근거리.

내부에 적이 있음을 알지 못한 황제는 최소한의 병력을 제외하고는 모두 내성을 수비하기 위해 투입했을 것이다. 그러하니 황궁이 이렇게 정적이 감도는 것도 당연한 일이었다.

"황제는 어디 있다던가?"

"집무실에 있다고 합니다."

"그래? 하면 집무실로 향하지."

"모시겠습니다."

길을 모르는 것은 아니다. 하지만 체이스 백작은 자신이 길을 잡았다. 그런 베나비데스 공작을 주변으로 겹겹하게 둘러싼 호위대가 존재했다. 그들은 모습은 전형적인 기사 그 자체라 할 수 있었다.

하지만 뭔가 일반인과는 조금은 다른 위화감을 가지고 있기는 했다. 어쨌든 그 모습만으로 상당히 강력해 보이는 기사들이었다. 그런 기사들과 느릿하게 황제가 있는 집무실로 향하는 베나비데스 공작.

끼이이익!

그리고 마침내 평소 기름칠이 잘되어 아무런 소리도 나지 않던 집무실의 문이 비명을 지르며 열렸다. 집무실 안은 환하게 밝혀져 있었다. 평소보다 훨씬 더 밝았다. 그에 베나비데스 공작은 살짝 눈살을 찌푸렸다.

백마법에서 흑마법으로 그 종을 바꾼 이후 밝음을 싫어하게 된 것이 사실이다. 하지만 이내 평소의 신색을 회복하고 황제가 앉아 있는 곳을 바라봤다.

"무슨 일이시오?"

업무를 보다 아무렇지도 않게 묻는 황제. 그런 황제를 바라보며 베나비데스 공작은 지금 이 상황을 어떻게 받아들여야 할지 당황했다. 황제쯤 되면 지금 상황이 어떻게 돌아가고 있는지 충분히 파악하고 있을 것이다.

"지금 오크들이 첫 성벽을 허물고 두 번째 성벽에 도달했사옵니다."

"들어서 알고 있소."

"한데 너무 태연한 것이 아니신지……."

"내가 할 수 있는 일은 다 했소. 내가 직접 나가 그들을 독려해야 하는 것이오?"

"그 판단 역시 나쁘지 않사옵니다."

"그런가? 그렇군. 한데 재상은 이 늦은 시각에 무슨 일로 온 것이오? 나에게 그 조언을 하고자 온 것은 아닌 것 같구려."

"그렇게 느꼈사옵니까?"

"그렇소. 그리고 평소와는 조금 다르오. 불빛이 싫소?"

"조금 거슬리긴 하옵니다."

"짐은 밝음이 좋다오."

"지금은 밝아야 할 시간이 아니라 어두워야 할 시간이옵니다."

"밝음을 위해 어둠을 희생시켜야 하지 않겠소? 어둠 속에서 밝음을 대비해야 하니 말이오."

"그렇다고 해서 어둠이 사라지지는 않사옵니다."

"하지만 대비할 수는 있지 않소."

"그러하기 때문에 문제가 발생하는 것이옵니다."

"무슨 문제 말이오?"

"어둠은 절대 빛을 이길 수 없다는 고정관념 말이옵니다."

"사실 아니오?"

"아니옵니다."

"어째서 그렇소?"

"지금 이 순간 이후부터 빛은 절대 어둠을 이길 수 없을 것이옵니다."

"그 의미……."

그러면서 말없이 베나비데스 공작을 바라보는 황제. 그런 황제의 시선을 그는 고개도 숙이지 않고 허리를 꼿꼿이 세운 채 받아들이고 있었다.

"짐의 앞에서 허리를 숙이지 않는 것과 같은 의미로 받아들여도 되겠소?"

"그렇사옵니다."

"한데 어찌하여 말투는 수정하지 않소?"

"이것이 황제 폐하에 대한 마지막 도의라고 생각하기 때문입니다."

"이제 그 도의를 저버릴 생각인 모양이구려."

"그렇습니다."

"언제부터 그랬소?"

"조금 오래됐습니다."

"짐은 그대가 정적이라 할지라도 이 제국을 위함이라 알고 있기에 믿었소."

"본작 역시 믿었습니다. 하지만……."

"하지만?"

"가끔은 기존의 모든 것을 뒤집어야 할 때가 있는 법입니다."

"지금이 그때란 말인가?"

"그렇습니다."

"그래서 오크를 끌어들인 것이오?"

"오크는 그저 수단일 뿐입니다."

"수단이라… 하면 목적을 제시하는 자가 있다는 말이구려."

"총명하십니다. 진즉 그런 총명함을 보였다면 본작은 결코 이와 같은 일을 저지르지 않았을 겁니다."

"혹시 그것이 아집이라고 생각지는 않소?"

"아집일 수 없습니다. 그분께서는 아집을 허락하실 분이 아닙니다."

"그분?"

"죄송하오나 여기까지입니다."

"그렇구려."

잡고 있던 펜을 놓고 상체를 의자에 기대며 눈을 감는 황제. 그런 황제를 보며 베나비데스 공작은 그가 최후를 준비하는 것이라 생각했다.

"잘 가시길."

그때 감고 있던 눈을 뜬 황제가 느릿하게 의자에서 일어섰다. 그리고 베나비데스 공작을 형형한 눈으로 바라보며 나직하게 입을 열었다.

"누가 감히 제이니스 제국의 황제 자격을 논하느냐?"

"뭐?"

갑자기 변한 황제의 모습에 당황한 베나비데스 공작.

"못 들었는가?"

그에 베나비데스 공작의 검게 물든 눈동자가 반짝 빛을 냈다. 그러더니 이내 흰 이를 드러내며 기괴한 미소를 떠올렸다. 아주 만족스럽다는 듯이.

"크흐흐, 그래, 이래야지. 이래야 죽이는 맛이 있지."

"변했구나."

"사람이 어찌 변하지 않을까?"

"악에 물들었구나."

"네놈이 너무 착해 빠진 것이다."

"내가? 착해? 흐하하하!"

베나비데스 공작의 말에 크게 웃는 황제.

"진즉 바티스타 공작의 말을 들었어야 하거늘."

"그래야 했지."

"하지만 이제는 후회하지 않을 것이다."

"이미 늦었다."

"누가 늦었다고 하더냐?"

"아직도 부활을 꿈꾸는 것인가? 이곳에서 너를 도와줄 이는 아무도 없다."

"착각하고 있구나."

"착각?"

"그래, 착각."

"웃기는군. 넌 이미 이곳에서 죽은 것이다."

그에 황제는 흰 이를 드러내며 웃었다.

그때였다.

"그놈 참 상황 판단 못 하는구만."

걸쭉한 목소리가 들려왔다.

"누구냐?"

그에 베나비데스 공작의 고개가 홱 소리가 날 만큼 빠르게 돌아갔다. 그곳에는 일단의 인물들이 있었는데 세 명을 제외하고는 전혀 모르는 자들이었다.

"바티스타 공작……."

그리고 아우슈반츠 백작과 황실 근위기사단장 역시 있었다.

"오랜만이기는 한데, 그런 살가운 대화를 나누기에는 상황이 너무 안 좋군."

"어떻게……."

"이미 알고 있었다면 설명이 되려나?"

"뭐라고?"

순간 베나비데스 공작은 이해할 수 없다는 표정을 지었다. 정말 이해할 수 없었다. 자신의 변신은 완벽했다. 그 누구도 자신의 변신을 알아차릴 수 없었다. 자신은 충실하게 귀족파의 수장 역할을 했고, 충실하게 국정에 참여했다.

자신의 정체를, 자신의 변심을 알 수 있는 자는 단 한 명도 없었다. 그렇게 자부했다. 그런데 알고 있었다니 도대체 이것이 무슨 말이란 말인가? 그렇게 경악하고 있을 때 바티스타 공작 옆에 있던 이름 모를 자가 앞으로 나섰다.

"네놈은……."

기억이 났다.

그는 바로 용병왕이라는 자였다.

"네놈이 어떻게?"

"날아왔지."

"날아와?"

"마법산데 멍청한 건가?"

"뭐라고?"

"이 세상에 너 혼자만이 텔레포트를 할 수 있을 것이라고 생각하나?"

"무슨……."

"저런 게 어떻게 7서클의 대마도사라고 하는지 모르겠군."

아론은 새끼손가락으로 귀를 후비며 말했다. 마치 말하기조차 귀찮다는 듯이, 짜증난다는 듯이. 그런 그의 행동이 베나비데스 공작의 살심을 부추겼다.

"감히……."

베나비데스 공작은 전신을 부들부들 떨며 분노했다. 하지만 그보다 먼저 움직인 이가 있었으니 바로 수석 참모인 체이스 백작이다.

"죽여!"

체이스 백작의 외침과 함께 기사들이 움직였다.

"너희들만 있는 것은 아니지."

그와 동시에 아론과 함께 온 이종족을 대표하는 용병들이 움직였다. 그 속에는 유리피네스도 있었으나 그녀는 앞으로 나갈 수 없었다. 그녀는 아론을 바라보다 자신의 팔목을 바라봤다. 아론은 겸연쩍은 듯 튀어나가려는 유리피네스의 팔목을 잡은 손을 놓았다.

"왜요?"

"당신까지 나설 필요는……."

그에 유리피네스의 눈이 반달처럼 휘어졌다.

"지금 날 걱정해 주는 건가요?"

"아, 그, 뭐, 그냥… 굳이 당신이 나가지 않아도……."

"걱정해 주는 것 맞네요."

"아, 뭐……."

우물쭈물하는 아론이다.

그런 아론을 보며 바티스타 공작과 아우슈반츠 백작이 피식 웃었다. 그들이 웃은 이유는 적을 향할 때나 용병, 귀족, 혹은 기사들을 대할 때는 마치 저승사자와도 같은 모습을 보이는 아론이다.

그런데 한낱 여인 앞에서는 순진하기 그지없는 모습을 보이고 있다. 물론 그 여인이 그저 그런 여인은 절대 아니었다. 검으로는 그랜드 마스터요, 마법으로는 8서클의 현자에 오른 이다.

그가 아니라 누구라도 그녀 앞에서는 아무렇지도 않은 모습을 보이지 못할 것이다. 하지만 아론이 그녀를 대할 때 보이는 것은 그런 유의 당황함이나 어색함이 아니었다.

'전쟁 중에도 꽃은 피는구나.'

둘뿐만 아니라 그 모습을 본 모든 이가 그렇게 생각하고 있었다.

"허허허, 봄이로구나, 봄이야."

그중 드워프를 대표하는 파이어해머가 어깨에 무식할 정도로 큰 해머를 걸치고 히죽 웃으며 전혀 거리낌 없이 앞으로 걸음을 옮겼다. 아론과 조금은 당황한 유리피네스 얼굴에 달콤한 미소가 떠올라 있었다.

"그럼 한번 볼까요?"

"음."

어느새 팔짱까지 끼고 전방을 응시하고 있는 아론이다. 마치 아무 일도 일어나지 않은 것처럼, 혹은 아무 행동도 하지 않은 것 같은 표정의 그를 보며 유리피네스가 슬쩍 아론의 옆으로 붙었다.

그에 여전히 전방을 바라보며 움찔하는 아론이다.

사박!

한 걸음 더 가까이 붙는 유리피네스로 인해 아론의 이마가 번들거리기 시작했다. 물론 살기가 넘실거리는 황제의 집무실이니 더울 수도 있을 것이다. 하지만 아론이 더운 것은 그 때문이 아닌 듯싶었다.

스윽!

"허험, 험, 험."

연신 나직하게 헛기침을 하며 팔짱을 푸는 아론. 그런데 나긋하고 보드라운 손이 두껍고 굳은살이 박여 있는 솥뚜껑 같은 손을 잡아왔다. 그에 아론은 고개를 돌려 유리피네스를 보았고, 아론을 보고 살짝 미소를 떠올린 유리피네스는 손을 잡은 채 전방을 응시했다.

다른 이들은 애써 그들의 행동을 외면했다.

어떻게 보면 이 중대한 상황에 그런 짓거리를 하는 둘을 보며 분노할 만도 했다. 하지만 황제를 비롯한 바티스타 공작과 근위기사단장, 그리고 아우슈반츠 백작은 아무렇지도 않게 그들을 외면했다.

아론만 모를 뿐 그를 가까이하는 모두가 둘의 관계를 인정하고 있었다. 답답해도 너무 답답한 아론이었지만 그런 모습을 지켜보는 맛도 쏠쏠했다.

콰아앙!

그 순간 거대한 폭음이 들려왔다.

후드드득!

그리고 황제의 집무실이 마치 지진이라도 일어난 듯이 흔들리며 집무실로 통하는 문이 박살이 나버렸고, 책장과 함께 명화와 석상이 파괴되어 이곳저곳으로 파편들이 휘날렸다. 황제의 개인 집무실은 어느새 길고 긴 회랑과 하나가 되어버렸다.

베나비데스 공작은 놀라 벌린 입을 다물 수 없었다. 지금 자신이 보고 있는 게 사실인지 의구심이 들었다. 자신을 호위하는 기사가 50명이다. 수가 작다고는 하나 그 실력은 절대 무시할 수 없었다.

50명 개개인이 모두 소드 마스터였으니 당연한 말이다. 물론 자연적으로 소드 마스터가 된 것이 아닌, 강제적으로 소드 마스터가 되었지만 그렇다고 해서 소드 마스터가 아닌 것은 아니었다.

그런 소드 마스터로 구성된 호위대를 마치 가을날 추수하듯이 베어버리고 있는 이들이 존재했다. 바로 자신의 눈앞으로 뛰어든 여섯 명의 이종족이다. 그들은 소드 마스터 따위가 아니었다.

'그레이트 마스터!'

소드 마스터로 이뤄진 호위대와 맞부딪치는 순간 그는 느낄 수 있었다. 그러하니 경악하지 않을 수 없었다. 자신이 알고 있는 한 제국에서 가장 강한 기사는 바로 눈앞에 있는 바티스타 공작이다.

그런데 그런 바티스타 공작을 압도하는 이들이 무려 여섯 명이나 모습을 드러냈다. 아무리 소드 마스터 50명이라고는 하지만 그레이트 마스터 여섯 명과 비견할 수는 없었다. 그야말로 태양과 반딧불의 차이라고 할 수 있었다.

그것도 바티스타 공작처럼 이제 갓 그레이트 마스터에 오른 자들이 아닌, 누가 봐도 숙련되어 보이는 여섯 명의 그레이트 마스터라니. 이것은 정말 해머로 뒤통수를 얻어맞은 것과 다르지 않았다.

여섯 명의 그레이트 마스터라면 자신이 있다 하더라도 별다른 문제가 되지 않을 것이다.

'그래서였구나.'

그래서 겨우 몇 명 안 되는 인원으로 자신을 맞이했고, 자신이 황제 개인 집무실의 문을 열고 들어오는 순간에도 침착할 수 있었다. 그래서 더 이상 소식이 없던 것이다. 그리고 오크들의 함성이 들려오지 않은 것이다.

압도적이었다면 지금쯤은 함성이 들려왔을 것이다. 그런데 황궁 내부는 적막하기 그지없었다.

"크흐……."

나직하게 웃음을 떠올리는 베나비데스 공작.

"이제 알겠는가?"

그때 황제의 음성이 시끄러운 전투를 뚫고 베나비데스 공작에게 들려왔다. 그에 베나비데스 공작의 시선이 황제에게로 향했다. 그런 그의 시선에 어지럽게 이리저리 처박히고 있는 호위대가 보였다.

"끄어어억!"

파이어해머의 거대한 해머에 정통으로 맞아 튕겨져 나간 호위대 기사는 맞은 부분이 움푹 들어간 채 전신을 제멋대로 뒤틀면서 검은색 안개와도 같은 것을 뿜어내고는 괴롭기 그지없는 비명을 지르며 사라지고 있었다.

"어둠에서 온 자는 어둠으로 돌아가게 마련이지."

쉬아악!

그 말을 내뱉은 울프족의 대표인 마리우스가 날카롭게 솟아난 손톱으로 한 호위대를 엑스 자로 잘라 버렸다. 잘라진 공간으로 검은색 연기가 솟아올랐고, 예의 기사는 괴로운 비명을 지르며 허공에서 사라지고 풀 플레이트 메일만 덩그러니 떨어져 내렸다.

"너무 걱정이 앞선 것인가?"

아론은 살짝 눈살을 찌푸렸다.

상대를 강력하다 인정했다. 그래서 그 수하들 역시 마찬가지이지 않을까 했다. 하지만 아니었다. 오랫동안 준비해 온 것

치고는 너무나도 허약했다.

"당신이 너무 강한 것이겠죠."

"내가? 아닌 것 같은데……."

"자신을 인정하세요. 비록 상대가 두 개의 힘을 가진 자라고는 하나 부하들을 조종만 하고 자신은 직접 나서지 않고 있으니 어쩌면 당연한 일일지도 몰라요."

"그것이 문제가 되겠소?"

"문제가 되지요. 아무리 전쟁이라고 하지만 그 밑바탕에는 신뢰가 있어야 하지요. 하지만 저들에게는 신뢰가 없어요. 있는 것은 욕망과 힘뿐이죠."

"그건 그런데……."

"그리고 결정적으로 저들을 움직이는 자는 지능적일지는 모르지만 절대 용감하지도, 덕을 지니고 있지도 않죠. 하지만 당신은 그 누구보다 뛰어남에도 그들에게 신뢰를 주고 가장 앞에 나서서 희망을 주고 있어요."

"그거야 뭐, 생각하기 싫어서……."

얼버무리며 자신을 낮추려는 아론.

그런 아론을 보며 흰 이를 드러내 웃고는 얼굴을 불쑥 그의 앞으로 들이대며 입을 여는 유리퍼네스이다. 얼굴이 닿을 만큼 가까워진 두 사람. 그녀의 알 수 없는 달콤한 향기가 아론의 코로 스며들었다.

하지만 유리피네스는 그런 것에는 아랑곳하지 않고 입을 열었다.

"지도자는 뛰어날 필요가 없죠. 가장 중요한 덕목은 포용할 줄 아는 거예요. 당신은 멍청하지도 않지만 포용할 줄 알죠. 그래서 이종족인 우리도 당신을 믿고 일신을 의탁한 것이고요."

"아, 뭐, 그······."

여전히 더듬거리는 아론. 닿을 듯 말 듯한 거리에서 아찔한 그녀의 향기가 밀려들어 왔다. 하지만 유리피네스는 마치 그를 놀리듯이 상큼하게 웃음을 날리며 물러났다. 아론은 이미 그녀의 향기에 취해 멍한 표정이다.

그에 따끔한 느낌이 살갗을 뚫고 아론을 일깨웠다.

"험, 험."

다른 사람은 아무렇지도 않은데 아론 혼자만 뻘쭘한 표정을 지어 보일 수밖에 없었다.

"그런 것이로군."

"그런 것이죠."

"하지만 이렇게 되면 더 숨을 수 있을 텐데······."

그에 무슨 말을 하느냐는 듯 샐쭉한 표정을 지어 보이는 유리피네스다.

"당신은 이미 그것을 예측하고 있잖아요."

"알고··· 있었소?"

"조금만 생각하면 모를 수가 없죠."

그러면서 엄지와 검지를 가까이 대는 유리피네스였다. 제 눈에 콩깍지라고 그 모습이 아론의 심장을 강타하고 있었다. 초인적인 그의 내심이 아니었다면 절대 참지 못했을 정도로 유혹적이었다.

"들어보고… 싶구려."

"에퀘스의 성역."

"흐음."

"더 들어가자면 바로 에퀘스의 성역에 있는 플람베르 가문과 그 가문과 우호적인 관계에 있는 두 가문을 끌어들였고, 당신은 용병들의 대지를 바로 플람베르 가문과 밀접한 플랑드르로 정했죠."

"흐음."

"이미 플람베르 가문의 노가주는 그랜드 마스터에 올랐고 소가주 역시 그레이트 마스터에 올랐어요. 그리고 당신은 플람베르 가문에 상당한 공을 들였죠. 플람베르 가문의 친위대인 레드 드래곤과 블러드 골렘을 최소 최상급의 기사로 만들었어요. 더 말할까요?"

"아니, 됐소. 이거 내 의도를 완전히 들킨 것 같은데……."

"상대방은 알지 못할 거예요."

"알아도 어쩔 수 없을 거요."

"외통수겠죠. 더 이상 숨을 수 없게 말이죠."

"하지만 그러기 위해서는 조금 더 피를 흘려야 하오."

"평화를 지키기 위해서는 피를 흘려야만 하죠."

"그것을 모르는 사람이 너무 많소."

"이제는 알 거예요. 평화란 피와 죽음이라는 토대 위에서 만들어진다는 것을 말이지요. 그래서 우리는 평화를 끝까지 지켜야 하고 끊임없이 노력해야 한다는 것을 말이지요."

"그랬으면 좋겠소만……."

아론과 유리피네스는 대화를 나누고 있었다. 하지만 이것은 둘만의 대화가 아니었다. 그 둘과 함께하고 있는 모든 이가 둘의 대화를 듣고 있었다. 그리고 그들은 감탄할 수밖에 없었다.

'평화는 피와 죽음이라는 토대 위에서 만들어진다.'

'그러하기에 평화를 위해 끊임없이 노력해야 한다.'

'그렇기 때문에 평화로울 때 전쟁을 준비하는 것이겠지.'

그들은 이미 알고 있었다.

하지만 외면하고 있었다.

너무나도 평화로웠기 때문에 평화의 중요함을 잊어버렸고, 평화가 어떤 토대 위에서 세워졌는지 기억하지 못했다. 잊고 있던 것을 아론과 유리피네스의 대화에서 그들은 새롭게 깨닫게 되었다.

그리고 그들은 가슴속 깊이 그 말을 새겼다. 고인 물은 썩

을 수밖에 없다. 그 고인 물을 어떻게 해서든지 새로운 물로
바꾸려 했지만 썩은 물이 고여 흙이 오염된 상황에서는 불가
능했다.

'이제는 바꿔야겠지. 파내야겠지. 그래서 새로운 제국을 만
들어야겠지.'

투두두둑!

생각에 잠긴 그들을 깨운 것은 마지막 호위대의 기사가 죽
고 떨어져 내린 찌그러진 풀 플레이트 메일이었다. 그들의 시
선이 그곳으로 향했을 때 어느새 아론은 베나비데스 공작 앞
에 서 있었다.

"네놈……."

"왜? 같잖은 용병 놈이 앞에 서니 기분 나쁘냐?"

"죽일… 놈."

"누가 죽일 놈인지는 네놈이 판단하는 게 아니다. 그리고
넌 잘못 생각하고 있는데, 역적은 네놈이지 내가 아니야."

"후우우움."

아론의 말에 동요하지 않고 베나비데스 공작은 호흡을 가
다듬었다.

CHAPTER 4

회색 오크

베나비데스 공작은 나직하게 웅얼거렸다. 그 웅얼거림은 음습하기 그지없었는데 그의 웅얼거림이 계속되면 계속될수록 그의 주변으로 어둠의 안개가 모여들어 점점 더 짙어졌다. 그의 모습을 지켜보고 있던 이들이 눈살을 찌푸렸다.

어둠보다 더 어둡고 타락한 좀비보다 더 타락한, 이루 형언할 수 없는 그런 기괴한 감정의 소용돌이가 자신의 정신을 갉아먹는 것 같았다.

"빛의 이름으로 명하노니 물러나라!"

그때 유리피네스의 나직하고 성스럽기까지 한 목소리가 흘러나왔다. 그녀로부터 휘황찬란한 빛이 쏟아져 나왔고, 그 빛은 황제를 비롯한 이종족의 대표들을 포근하게 감쌌다. 눈살을 찌푸리며 베나비데스 공작의 어둠과 대항하던 이들은 이내 차분한 표정이 되었다.

차분함을 되찾은 이들이 베나비데스 공작과 대항하고 있는 아론에게로 시선을 두었다. 하나 아론은 처음이나 지금이나 표정이 별반 달라지지 않았다. 한결같은 무표정으로 베나비데스 공작을 지켜볼 뿐이다.

어디 한 번 해볼 테면 해보라는 듯이 말이다. 그럴수록 베나비데스 공작의 웅얼거림은 격해지기 시작했으며, 모든 이의 귀에 확연하게 들릴 정도로 또렷해졌다.

"어둠보다도 더욱 어두운 자, 밤보다도 더욱 깊은 자, 혼동의 바다에 흔들리는 자, 금색으로 변하는 어둠의 왕이여, 나 여기서 그대에게 바란다. 나 여기서 그대에게 맹세한다. 나의 앞을 막아서는 모든 어리석은 자들에게 나와 그대가 힘을 합쳐 다 같이 파멸을 부여하노라."

마침내 그의 웅얼거림이 끝이 났다.

그러자 베나비데스 공작의 주변으로부터 짙고 짙은 어둠이 모여들어 회오리치기 시작했고, 그 회오리는 주변의 모든 것을 빨아들이면서 점점 더 그 세력을 확장시켰다. 하지만 그것도 한계가 있었다.

바로 아론이 투박한 양손대검을 이용해 그 모든 것을 차단하고 있었다. 자세히 보면 베나비데스 공작이 빨아들이는 주변으로 투명한 벽이 존재했는데 그 벽이 베나비데스 공작의 어둠의 힘과 주변을 잠식하는 힘을 차단하고 있었다.

그리고 그런 아론의 차단에 베나비데스 공작의 얼굴은 점점 어둡게 변해갔고, 마침내는 그 모습 자체가 변해가기 시작했다. 키가 커지고 눈과 입이 쭉 찢어지며 이마에서 뿔이 돋아나기 시작했다.

또한 자신만의 공간에 있는 죽은 시체의 피를 빨아들이기 시작했다.

덥석.

"컥!"

그때 베나비데스 공작은 자신의 곁에 있던 치카틸로 백작의 머리를 움켜잡았다.

"끄아아악!"

모골이 송연할 정도로 날카로운 비명 소리가 들려왔고, 치카틸로 백작은 전신의 모든 체액이란 체액을 모두 빨리고 미라처럼 바싹 말라가더니 종내에는 먼지가 되어 사라져 버렸다. 그 모습을 지켜보고 있던 클락스 백작은 자신도 모르게 뒷걸음질 쳤다. 그것은 체이스 백작 역시 마찬가지였다. 그들은 모르고 있었다. 그들은 자신이 베나비데스 공작을 조종하고 있다고 생각했다. 그런데 상황이 전혀 다르게 흘러가고 있었다.

자신들의 통제에서 벗어나 오히려 자신들을 먹이로 생각하고 잡아먹으려 하고 있었다. 살아 있는 모든 것을 멸할 것처럼 말이다. 그의 모습은 악마 그 자체였다. 쭉 찢어진 입과 날카로운 이빨, 뱀의 혓바닥보다 긴 혀, 이마 한가운데서 돋아난 거대한 뿔과 역으로 꺾인 관절, 그리고 등 뒤에서 돋아난 날개까지. 그는 이미 인간이 아닌 마족이 되어 있었다. 또한 마족이기에 도망가려는 그 두 백작을 절대 허용치 않았다.

불쑥.

그의 등 뒤로부터 손이 솟아나더니 겁에 질려 달아나려는 두 백작의 머리를 잡았다. 두 백작은 온몸의 피라는 피가 모두 얼굴로 쏠린 것같이 붉게 물들며 굵디굵은 핏줄기가 돋아났다.

파아악!

그리고 폭죽이 터지듯 터져 나갔으며, 사방으로 퍼진 피는 안개처럼 변해 베나비데스 공작의 등 뒤에서 돋아난 손으로 흡수되었다.

휘스스슷!

"흐으으으!"

음습하게 울리는 악마로 변한 베나비데스 공작의 음성. 그의 파충류처럼 갈라진 거대한 눈동자가 한 사람에게로 집중되었다. 바로 아론이다.

"강한 인간이로구나."

"흐음, 약한 놈이네."

"크흐흐, 오랜만에 중간계에 나왔더니 간이 부은 인간 놈이 많구나."

"나오지 말았어야지."

"크흐흐, 재미있는 놈이로구나."

"말로 싸우냐?"

"크흐흐흐, 죽어라!"

분노했던가?

아무리 수천 년 만에 중간계에 현신했다고는 하지만 감히 자신 앞에서 이토록 담담하게 자신의 화를 돋우는 놈은 본 적이 없다. 천족과 마족이 싸우던 고대 시대에서조차 자신을 무시하는 인간은 없었거늘.

쉬아아악!

소리가 들려왔다.

그에 아론은 가볍게 투박한 양손대검을 우측으로 휘둘렀다.

퍼걱!

"크아아악!"

이루 형언할 수 없을 만큼의 거대한 비명이 들려왔다.

투두두둑!

뻥 뚫린 천장으로부터 검은색의 진득한 무언가가 비처럼 쏟아져 내렸다.

터더더더덕!

치지직!

거대한 가시와 같은 것들이 떨어져 내리며 바닥을 녹이기 시작했고, 매캐한 연기가 실내에 가득 채웠다. 그 연기조차 맹독이었는지 연기가 닿는 모든 것이 삭아서 먼지처럼 사라져 버렸다.

"새끼가 더럽게."

아론은 아무렇지도 않게 말을 내뱉으며 양손대검을 부채처럼 휘휘 저어 검은색 연기를 흩어버렸고, 검은색 연기는 불꽃을 일으켜 타닥거리며 타들어가 완전히 사라져 버렸다. 그 모습을 본 악마는 눈동자를 세로로 모으며 날카롭게 아론을 살폈다.

처음의 무시하는 그런 모습이 아닌, 신중하게 살피고 있었다. 아론에게 잘린 꼬리는 다시 재생되고 있었다. 하지만 상당한 통증이 있었고, 평소보다 몇 배는 느리게 재생되고 있었다. 그 때문에 악마는 조심스러웠다.

마계는 적자생존의 세계.

강한 자가 모든 것을 지배한다.

그 속에서 자신이 살아남은 이유는 상대를 바르게 파악했기 때문이다. 그래서 처음의 인간을 경시하는 마음을 버리고 신중하게 인간 놈을 살피고 있는 것이다.

'아무것도 알 수 없다.'

그랬다. 인간을 노려보고 있음에도 불구하고도 그 인간에 대해서 아무것도 알아낼 수 없었다.

'나보다… 강하다는 것인가? 아니다. 그럴 리 없다.'

그렇게 생각할 수밖에 없었다.

마계의 악마가 인간계에 올 수 없던 이유는 악마를 소환할 수 있는 인간이 없었기 때문이다. 소환할 수 있는 인간이 없다는 것은 인간이 그만큼 약해졌다는 것을 의미했다. 왜냐하면 자신은 악마 중에서도 하급에 속하는 악마.

그러한 자신조차도 소환할 수 없을 정도면 대체 얼마나 인간이 약해졌단 말인가? 그리고 중간계로 소환되었다 해도 문제였다. 본신의 힘을 100% 유지한 채 소환되는 것이 아니기 때문이다.

그래도 이것은 아니었다.

'이토록 강한 인간이라니… 도대체…….'

있을 수 없는 일이었다.

자신과 같은 하급의 마족을 이렇게 힘들게 소환했는데 아무리 힘이 약화되었다고는 하지만 자신보다 강력한 인간이라니. 하지만 이내 마족은 날카로운 이빨을 드러내며 나직하게 으르렁거렸다.

강하다.

하지만 못 이길 정도는 아니었다.

그렇다면 저 인간 놈을 죽이고 그 힘을 흡수한다면 자신은 더 강해질 것이다. 그리고 자신의 눈앞에 있는 인간 놈보다는 못할지라도 꽤나 힘을 가지고 있는 인간들이 많으니 군침이 절로 돌았다.

"쿠와아앙!"

포효를 내질렀다.

하지만 그 포효는 단순한 포효가 아니었다.

이글거리는 검녹색의 브레스가 토해져 나왔다. 아론은 살짝 눈살을 찌푸리더니 이내 나직하게 한숨을 내쉰 후 양손대검을 곧추세워 전진했다.

쿠우웅!

거센 진동이 일어나 세상을 덮을 것 같은 거대한 검녹색의 불꽃을 세상과 단절시켰다.

파지지직!

아론이 펼친 공간의 벽과 악마가 토해내는 검녹색의 브레스가 부딪치면서 새파란 방전이 일어났다. 평소라면 그 방전은 천장이 뻥 뚫린 황제의 집무실 가득 채워 살아 있는 모든 것을 소멸시켰을 것이다.

하나 마족의 브레스는 전혀 힘을 쓰지 못했다. 미친 듯이 자신을 가둔 벽을 허물려고 했으나 아론이 만든 공간의 벽이 너무나도 단단해 그 어떤 피해도 입힐 수 없었다. 마족은 발 버둥치기 시작했다.

수십 개의 팔이 돋아나서 검녹색의 구슬을 마구 집어 던졌다.

콰앙! 쾅! 쾅!

공간의 벽에 부딪치고 폭발하며 부식시켰지만 공간의 벽은 여전히 건재했다.

"크아아악!"

결국 미친 듯이 울부짖었다.

무엇을 어떻게 해도 저 지랄 같은 벽은 파괴되지 않았다. 그런 마족을 보며 아론은 가볍게 혀를 차며 나직하게 외쳤다.

"더 놀고 싶다만 시간이 없어서 말이다."

그러면서 양손대검을 다시 들어 위에서 아래로 느릿하게 그어 내렸다. 마족은 자신을 향해 느릿하게 다가오는 양손대검을 바라봤다. 말 그대로 느릿했다. 피할 수 있을 것 같았다. 하지만 자신의 몸임에도 불구하고 자신의 의지에 반해 전혀 움직이지 않았다.

'이, 이게……'

도대체 무엇이 어떻게 된 것인지 모를 일이었다. 이런 경우
는 마계에서조차 단 한 번도 없던 일이다. 그래서 당황할 수
밖에 없었다. 그런 마족을 바라보며 아론은 히죽 웃음을 떠올
렸다. 마치 놀리듯이.

마족은 그 웃음을 보고 분노했다. 하지만 자신이 할 수 있
는 일은 아무것도 없었다. 그저 자신의 정수리를 향해 내리꽂
히는, 느릿하고 날조차 제대로 서 있지 않은 투박한 인간 놈
의 양손대검을 바라보고 있을 수밖에 없었다.

느릿하게 양손대검이 마족의 정수리에 닿았다. 하지만 마
족은 아무런 느낌조차 느낄 수 없었다. 정말 양손대검으로 자
신의 머리를 자르는 것이 맞나 싶을 정도였다.

쩌억!

그러다 마족은 무언가 좌우로 시원하게 갈라지는 듯한 소
리를 들었다.

'누구지?'

의문이 들어 주변을 둘러보려 했다. 하지만 목이 돌아가지
않았다. 그리고 자신의 정수리에 닿았던 양손대검이 서서히
다시 올라가기 시작했다.

'왜?'

의문이 들었다.

애써 자신의 머리를 내려치던 대검을 다시 들어 올리다니.

'어?'

그러다 문득 전신에 힘이 모두 빠져나가는 것 같은 느낌이 들었다.

기우뚱!

마족의 거체가 기울어졌다. 그 순간에도 마족은 자신이 죽었다는, 혹은 소멸되었다는 것을 인지하지 못한 것처럼 보였다.

쿠웅!

뒤로 넘어가는 마족.

마족의 눈은 감기지 않았는데 눈동자에는 의문이 깃들어 있었다. 자신이 어떻게 죽었고, 왜 죽어야 하는지 모르겠다는 듯이 말이다.

스스슷!

그와 동시에 마족의 발끝에서부터 서서히 검은색 연기가 솟아나며 사라지기 시작했다.

'마족이 저렇게 쉽게…….'

'마족 맞나?'

'이미 인간이 다다를 수 있는 범위를 벗어났구나.'

'저게 그랜드 마스터라고? 말도 안 돼.'

바티스타 공작과 이종족의 수장들, 그리고 황제와 아우슈반츠 백작의 생각이다. 누구에게 말하지도 않았지만 그들은 같은 생각을 하고 있었다. 그 정도로 아론의 무력은 압도적이었다.

"흐으음."

아론은 깊이 한숨을 내쉰 후 몸을 돌려세웠다. 그리고 자신을 멍하니 바라보고 있는 이들을 보았다.

"내가 좀 멋있기는 하지만 이런 뜨거운 시선은 무척 난감한데……."

마치 자기 자신에게 하는 듯 독백하는 그였지만 여기 있는 모든 이의 귀에 아주 선명하게 들리고 있었다. 그에 가장 먼저 유리피네스가 피식 웃으며 눈웃음을 지었다.

"수고했어요."

"어험, 수고랄 것까지야……."

"세상에 아무리 하급 마족이라 하더라도 자신이 어떻게 죽었는지조차 알지 못하게 소멸시킬 수 있는 사람은 아마 당신밖에 없을 거예요."

"허험."

유리피네스의 칭찬에 연신 헛기침을 하며 어깨를 으쓱하는 아론이다. 그 모습에 주변의 사람들은 피식피식 웃음 지었다.

'그를 다룰 수 있는 존재는 오직 그녀밖에 없구나.'

모두의 시선이 아론에게서 유리피네스에게로 향했다. 그들의 시선을 느끼는지 느끼지 못하는지 그 둘은 둘만의 대화에 집중하고 있었다. 참으로 닭살 돋는 둘의 모습이었지만 이 중에 그 둘의 행각을 닭살 돋는다고 말할 수 있는 자는 아무도 없었다.

한 명은 마족조차도 순식간에 발라 버릴 정도의 인간인지 아니면 그 이상인지 헷갈릴 정도의 무력을 가진 자요, 또 한 명은 마법으로는 8서클의 현자요, 검으로는 그랜드 소드 마스터에 오른 이이니 그 누구도 그들을 질투할 수 없을 것이다.

"이로써 황궁까지 정리가 되었군요."

"그렇소."

"이제 남은 건 에퀘스의 성역과 바벨의 탑인가요?"

"아마도."

"그들에게 모든 것을 맡길 참인가요?"

"아마 그러기는 힘들 거요."

"그렇겠죠?"

"그렇소."

"그럼 소수 정예로 플람베르 가문으로 가야겠군요."

"아마도."

"그럼 가죠."

그에 아론은 유리피네스를 바라보며 말했다.

"당신이 남아줘야 하오."

아론의 말에 유리피네스는 그를 올려다봤다. 마치 자신이 남아야 할 합당한 이유를 찾는다는 듯이 말이다. 그러다 이내 고개를 좌우로 저으며 나직하게 한숨을 내쉬었다.

"어쩔 수 없군요."

"이해해 줘서 고맙소."

"이해할 수밖에요."

마치 토라진 듯한 유리피네스의 모습에 아론은 따뜻한 미소를 떠올렸다. 자신이 전방에서 전투를 수행하는 동안 후방에 누군가 남아 용병들을 이끌어줘야만 했다. 자신이 벌여놓은 판이니 자신이 수습해야만 했다.

그러기 위해서는 믿을 만한 누군가를 후방에 남겨야 하는데 실력 면에서나 무리를 이끄는 리더로서의 자질을 보나 그녀를 대체할 만한 이는 드물었다. 유리피네스는 그러한 현재 상황을 너무나도 잘 알고 있었다.

"지금 가시렵니까?"

그때 아우슈반츠 백작이 조심스럽게 물었다.

"그래."

"제가 도울 일이 있습니까?"

"글쎄, 지금으로서는 없군."

"하면……."

그때 누군가 무언가를 아론의 앞으로 내밀었다. 아론은 그 무언가를 보다 물건을 건넨 자를 바라봤다.

황제였다.

"뭡니까?"

"황제를 대신하는 패라오."

"그것을 왜?"

"이 패를 가지고 있으면 제이니스 제국 어디에서든, 또한 어떤 귀족도 짐을 대하듯 해야 하오."

"……."

아론은 멀뚱하니 황제를 바라봤다. 그런 중요한 패를 왜 자신에게 주느냐는 듯한 표정이다.

"짐은 이제 확신했소."

"무엇을 말입니까?"

"제이니스 제국은 지금 누란지위의 급박한 상황에 처해 있고, 이 상황을 헤쳐 나가기 위해서는 오로지 귀공만이 자격이 있다는 것을 말이오."

"정말 그렇게 생각하십니까?"

"그렇소."

"그럼 받겠습니다."

그러면서 골드 드래곤이 양각되어 있는 손바닥만 한 둥근 패를 받아 드는 아론이다. 고맙다고 하거나 예를 갖추지는 않았다. 하지만 그 누구도 그런 아론의 태도에 대해 걸고넘어지는 이는 없었다.

'그만이 유일하게 황제 폐하와 어깨를 나란히 할 만한 자다.'

모두 그렇게 인정하고 있었다.

모두가 보는 앞에서 마족을 아주 손쉽게 소멸시켜 버리는 그를 앞에 두고 그 누가 있어 황제 앞에 무릎 꿇으라 할 수 있겠는가? 그리고 그와 함께하는 제국의 병력보다 많은 용병들의 왕인 그를 누가 있어 발아래 둘 것인가?

'그리고 더욱더 중요한 것은 그는 권력에는 티끌만 한 관심도 없다는 것이지.'

'그러하기에 그는 진정으로 믿을 만한 사람이다.'

'적으로 돌리기에는 너무나도 부담스러운 존재. 결론은 그를 반드시 아군으로, 아니, 친구로 두는 것이 가장 현명한 선택이다.'

그러해서 황제는 과감하게 아론을 자신의 신하로, 자신을 떠받드는 귀족으로 여기지 않았다. 지금 이 황금 드래곤의 둥근 패를 아론에게 건넨 것 역시 그러한 생각에서였다. 황금 드래곤 패가 주어진 것은 제국 역사상 단 한 번 있었다.

그것도 초대 황제의 친우이자 스승이며, 신하이던 아스트라스 공왕에게 말이다. 물론 중간쯤엔 역모를 일으키는 바람에 황금 드래곤 패는 환수되었지만 어쨌든 이 황금 드래곤 패는 황제와 같은 위치를 증명해 주는 패라 할 수 있었다.

황금 드래곤 패에 머리를 조아리지 않는 자, 반역으로 죄를 물었으니 황금 드래곤 패가 있는 곳이 바로 황제가 현신하는 곳이라 할 수 있었다. 바티스타 공작은 그런 황금 드래곤 패를 아론에게 건네는 황제의 심정을 십분 이해했다.

자신이라 할지라도 그리했을 터이다.

'현명하십니다.'

그 말만을 가슴속 깊이 되뇌는 바티스타 공작이다.

한편.

"크와아악! 죽어라! 죽으란 말이다!"

거대한 체구의 회색 오크 한 명이 배틀해머 두 개를 자유자재로 휘두르면서 주변을 초토화시키고 있었다. 그 모습이 어찌나 흉흉한지 인간은 물론이고 이종족, 같은 회색 오크조차 접근하기를 거부하고 있었다.

"크하하하하!"

피와 살기에 젖은 광소가 전장을 지배했다.

그는 바로 다른 누구도 아닌 회색 오크 대족장으로서 몬스터들을 통합한 드렉타스였다. 그의 주변에는 검붉은 오라가 거미줄처럼 일렁였고, 그를 향해 다가오는 모든 이에게 공포를 선사해 주고 있었다.

"크하하하하!"

그가 다시 광소를 터뜨렸고, 수명의 기사들과 병사들이 피
떡이 되어 허공으로 떠올랐으며, 연이어 쇄도해 오는 기사들
과 병사들을 덮쳤다. 그 잠시 시야가 잠깐 차단되었을 때 드
렉타스는 다시 뛰어올랐다.

그리고 떨어져 내리며 두 개의 배틀엑스를 집어 던졌다.

콰콰콰쾅!

"크아아아악!"

피의 폭풍이 기사들과 병사들을 덮쳤다. 하늘이 붉게 물들
며 피의 비가 내리고 기사들과 병사들은 그 모습에 공포에 잠
식되어 갔다.

"크하하하! 겨우 이 정도더냐? 덤벼라! 덤비란 말이다! 크하
하하!"

짓쳐들어오는 기사의 검을 배틀엑스로 가볍게 걸어 잡아당
기고 또 다른 배틀엑스로 아래에서 위로 그어 올렸다.

좌아아악!

기사는 비명조차 지르지 못한 채 죽음을 맞이했고, 기사의
검붉은 핏물을 잔뜩 뒤집어쓴 드렉타스는 또 다른 먹이를 찾
아 배틀엑스를 휘둘렀다. 창이 쪼개지고 병사의 두꺼운 갑옷
을 박살 내며 서너 명에 이르는 병사의 목이 허공으로 치솟아
올랐다.

"크하하하학!"

드렉타스는 웃었다.

이 비릿한 인간의 피 냄새가 좋았다. 마치 허수아비처럼 비명도 지르지 못하고 자신이 왜 죽는지도 모른 채 죽어가는 인간들의 모습에 묘한 쾌감을 느꼈다. 즐거워서 죽을 것 같다.

그는 다시 배틀엑스를 휘둘렀다.

촤아악!

다시 핏물이 전신을 덮고 비릿한 냄새와 함께 후끈한 열기가 전해져 왔다.

"드렉타스!"

그때 전장을 가로질러 자신의 이름을 부르는 이가 있었다. 그에 드렉타스는 배틀엑스로 인간 병사의 머리를 찍고 자신의 이름을 부른 곳으로 시선을 돌렸다. 그리고 잠시 눈동자가 흔들렸다. 하지만 그것뿐이었다.

"크흐흐흐, 카툼."

그는 볼 수 있었다.

자신의 최대 적수라 할 수 있는 카툼이 자신을 향해 쇄도해 오고 있었다. 그 순간 드렉타스의 검붉은 눈동자가 검은색으로 물들어 탁한 빛을 내뿜었다. 그의 전신을 뒤덮은 채 스멀스멀 피어오르고 있는 검은색 오라가 더욱더 탁하고 진해졌다.

쉬아아악!

무언가 공간을 찢고 자신을 위협했다. 드렉타스는 기괴하게 움직여 보이지도 않은 공격을 피해냈다.

콰아아앙!

간발의 차로 피해낸 드렉타스.

방금 전 자신이 있던 자리를 바라보며 그의 눈동자가 살짝 흔들렸다. 그곳에는 커다란 구덩이가 생성되어 있고 연기가 모락모락 일어나고 있었다. 본능적으로 자신과는 절대적인 상극의 존재라는 것을 깨달은 드렉타스였다.

까드드득!

그는 자신도 모르게 이빨을 갈아붙였다.

"크흐흐, 오랜만이로구나."

어느새 자신과 10여 미터의 거리를 두고 자리를 잡은 카툼을 보고는 드렉타스가 흉소를 흘리며 입을 열었다.

"그래, 오랜만이로군."

카툼 역시 그를 마주해 입을 열었다. 그에 드렉타스는 비명과 고함, 그리고 삶과 죽음이 얽힌 전장을 둘러보며 나직하게 외쳤다.

"네놈이 죽을 자리치고는 훌륭하군."

"내가 죽을 것 같은가?"

"크흐흐, 그럼 아닌가?"

"눈이 있으되 보지를 못하는구나."

꿈틀!

카툼의 말에 드렉타스의 눈썹이 꿈틀거렸다. 마음에 들지 않았기 때문이다. 어려서부터 카툼은 항상 자신과 비견되어 왔다. 그리고 아슬아슬한 차이로 언제나 그가 앞서갔다. 그것이 싫었다.

자신도 족장의 아들로 태어났건만 도대체 뭐가 부족해서 신체 조건을 비롯해 모든 것이 뛰어난 자신이 저놈보다 못하다는 평을 받아야 한단 말인가? 그렇게 항상 비교되며 못하다는 평가를 받으며 자라왔다.

실로 짜증나는 일이지 않는가? 그래서 결심했다. 어떤 수단을 동원해서라도 저놈을 앞지르고 말겠다고. 그의 가슴속에는 동료, 혹은 친구라는 개념보다 복수자의 심정이 끊임없이 샘솟았다. 그리고 결국 자신은 해냈다.

저놈의 아버지를 죽이고, 저놈을 일족으로부터 쫓아냈으며, 일족을 통합하고 몬스터들을 자신의 발아래 무릎 꿇려 입맛대로 재단할 수 있었다. 그런데 또다시 자신의 앞길을 가로막고 나선 것이다.

하지만 드렉타스는 코웃음 쳤다.

왜냐하면.

'나는 이미 과거의 내가 아니니까.'

자신은 어둠의 주술로 강건해졌다. 과거와는 비견되지 않을 정도이다. 그런데 그런 자신 앞에서 저렇게 고요한 태도를 견지하고 있는 카툼을 보자 또다시 짜증이 밀려오기 시작했다. 언제나 저랬다.

자신을 얕보는 듯한, 자신을 불쌍하게 여기는 듯한 저 태도.

"죽이고 말겠다."

"할 수 있다면."

"흐흐흐흐, 도대체 뭘 믿고 그리 배짱을 부리는지 보자꾸나."

파앗!

말을 끝냄과 동시에 드렉타스의 신형이 사라졌다. 그에 카툼은 감히 경시하지 못하고 양손 배틀엑스를 움켜쥔 채 자리를 벗어났다.

콰직!

그가 피하는 그 순간, 그가 있던 자리에서 어둠이 터지며 깊고 오염된 웅덩이를 만들어내었다. 카툼은 그저 자리를 벗어난 것만이 아니었다.

휘이잉!

바닥을 내려친 드렉타스가 신형을 가다듬기도 전에 둔중한 바람 소리가 들려왔고, 드렉타스는 몸을 회전하며 둔중한 바람 소리에서 벗어나려 했다. 하지만 바람 소리는 쉽게 그가 벗어나는 것을 허용치 않았다.

드렉타스는 한 자루의 배틀엑스를 들어 소리 나게 회전시켜 어둠의 장막을 만들어냈고, 어둠의 장막과 바람 소리가 부딪치며 귀청을 찢어버릴 듯한 굉음을 일으켰다.

콰콰콰가강!

"큭!"

순간 드렉타스는 짧은 신음을 내뱉고 빠르게 뒤로 물러나며 놀란 눈동자로 전방을 응시했다. 그에 어느새 카툼이 모습을 드러냈고, 여전히 양손 배틀엑스를 늘어뜨린 채 자신은 외면하고 도끼날을 바라보고 있다.

고요하기 이를 데 없는 카툼의 모습.

빠드득!

"퉤엣!"

드렉타스는 입안에 머금고 있던 핏물을 뱉어내고 고개를 돌리며 무표정한 모습으로 돌아왔다.

"과연 이제 나와 겨룰 만해졌다 이건가? 꽁지가 빠져라 도망간 주제에?"

"네놈이 독을 사용하지 않았다면 일족을 버리고 도망가지는 않았겠지."

"전투에는 생과 사만 있을 뿐. 또한 승자만이 정당할 뿐이다."

"목적을 위해 수단을 합리화시키겠다는 것인가?"

"말이 많이 늘었군."

"말은 원래 네놈보다 내가 더 나았다."

"자신만만하군."

카툼의 무덤덤한 말에 이를 갈며 이죽거리는 드렉타스. 그런 드렉타스를 보며 다시 입을 여는 카툼.

"이 정도면 충분히 충격을 흡수했을 것 같군."

"네놈!"

"그래, 네놈이 회복되길 기다린 것이다."

"감히……."

"인간이나 오크나 감히라는 말은 너무 쉽게 사용하는군."

"뭐라?"

"실력 차이를 확실하게 보여주겠다는 말이다."

"크흐흐, 그래? 그렇다면 좋다. 어디 한 번 재주껏 날 당황시켜 봐라."

그렇게 말은 하고 있지만 드렉타스는 감히 카툼을 경시하지 못했다. 불과 한 번의 부딪침이었지만 과거와는 확실하게 달라졌음을 느낄 수 있었기 때문이다. 어쩌면 자신과 비슷한 경지일지도 모른다는 생각이 들었다.

과거에도 마찬가지였다.

과거에도 그와 자신은 비슷한 무력을 가지고 있었다. 하지만 그는 너무 광명정대했고, 그것을 약점으로 잡아 무기력의 독을 사용해 그를 죽음으로 몰아갔다. 결국 죽음에 이를 정도의 상처를 남겼고, 그를 몰아내고 대족장의 자리를 탈취하는 데 성공했다.

어떻게 보면 비겁한 수단으로 그를 이기기는 했지만 결국 자신이 이겼다. 수단은 목적을 위해 정당화될 수밖에 없었다. 또한 성공한 반란은 모든 것을 묻을 수 있었다. 진심으로 굴복하든 힘에 의해 굴복하든 상관없었다.

어차피 굴복했다는 사실은 변함이 없기 때문이다. 어쨌든 그 일 이후 자신은 힘을 강화하는 데 혈안이 될 수밖에 없었다. 그리고 자신은 어둠의 주술로 자신의 힘을 강화시켰고, 마침내 그 누구도 오르지 못한 절대의 경지에 올랐다.

지금도 전신이 끊임없이 밀려오는 어둠의 힘에 의해 폭발할 것만 같았다.

'피가… 필요해.'

어둠의 힘은 언제나 피를 요구했다. 피가 많으면 많을수록 자신의 힘은 강력해졌다. 그의 검게 물든 눈동자가 빛을 뿜어냈다.

"크와아악!"

함성을 지르며 카툼을 향해 쇄도하는 드렉타스. 카툼 역시 배틀엑스를 들어 앞으로 마주 나갔다.

콰아앙!

그리고 부딪쳤다.

콰앙! 콰앙! 콰아앙!

그들은 말 그대로 미친 듯이 상대를 향해 배틀엑스를 휘둘렀다. 세 자루의 배틀엑스가 폭음을 일으키며 주변의 공기를 압도적으로 달구기 시작했다. 그들은 어떤 기술도 쓰지 않은 채 단순하게 치고받았다.

하지만 아는 사람은 모두 알고 있었다.

그 단순한 공방에 깃들어 있는 흉험함을 말이다. 단순하게 공방을 주고받고 있지만 일반적인 무기가 부딪치는 쇳소리가 아닌 폭음이 터지고 있으니 말이다. 오러 블레이드나 오러 서클릿이 보이지는 않았다.

하지만 자세히 보면 그들이 무기를 부딪치거나 결정적인 순간에는 그들의 무기에 뿌옇고 거무스름한 무언가 돋아났다가 사라지기를 반복했다. 그들은 상대가 결코 쉽지 않음을 알고 있어 힘을 아끼고 있는 것이었다.

그러함에도 불구하고도 그 둘이 싸우고 있는 주변 15미터 이내에는 그 어떤 몬스터나 인간, 이종족 전사는 없었다. 그저 멀찍이 떨어져 그 둘의 싸움을 지켜볼 뿐이었다. 아니, 지켜본다기보다 싸우는 와중에도 힐끔거리면서 그 둘과의 거리를 두고 있다는 것이 맞았다.

하지만 그러거나 말거나 둘은 거칠게 상대를 향해 무기를 휘두르고 있었다.

'크읍!'

그 와중에 드렉타스가 조금씩 밀리는 듯 보였다. 그는 속으로 답답한 신음성을 토해냈다. 어둠의 주술로 강화된 자신의 힘이다. 세상에 그 누구도 자신의 어둠의 힘에는 맞설 수 없다고 생각했다.

하지만 지금은 아니었다.

마치 단단한 벽에 부딪치는 것 같은 느낌이 들었다. 마치 거대한 벽을 두드리는 듯 아무런 느낌이 들지 않았고, 자신이 가진 어둠의 힘이 점점 사라지는 것 같았다.

단순이 느낌일 뿐이 아니라 실제로 자신에게 끊임없이 힘을 제공하던 어둠의 힘이 야금야금 사라지고 있었다. 그래서 답답했다. 그는 잠시 숨을 고르며 카툼을 바라봤다. 하지만 카툼의 얼굴에는 어떠한 표정도 떠올라 있지 않았다.

힘든지 힘들지 않은지, 피곤한지 피곤하지 않은지, 혹은 기쁜지 화가 났는지도 모를 정도이다. 완벽한 무, 하지만 그에 반해 자신은 미미하게 얼굴에 표정이 드러나고 있었다.

콰아아악!

다시 카툼의 배틀엑스가 드렉타스의 정수리로 떨어져 내렸다. 드렉타스는 어금니를 꽉 깨문 이후 배틀엑스를 엑스 자로 들어 떨어져 내리는 카툼의 배틀엑스를 막아냈다.

콰아앙!

"크읍!"

굉렬한 폭음이 터졌다.

까가가각!

배틀엑스와 배틀엑스가 부딪치면서 기이한 소음이 발생했다. 그 와중에 드렉타스의 입에서 검녹색의 핏물이 배어 나왔다.

'힘을 원하는가?'

그때 드렉타스의 머리에 무언가가 들려왔다.

'누구냐?'

'힘을 원하느냐고 했다.'

대답은 없었다.

단지 물음만이 있을 뿐이다.

그 순간 카툼의 배틀엑스는 점점 더 내려오고 있었고, 드렉타스는 점점 힘에 밀리고 있었다. 지금 이 상황을 인정할 수 없었다. 감히 자신을 상대할 만한 자는 없을 것이라고 장담했다. 하지만 도대체 이것은 뭔가?

자신이 밀리고 있었다.

무력에서도 힘에서도 말이다.

'힘을 원하느냐?'

그때 또다시 울림이 있었다.

'크윽! 원한다.'

'크흐흐흐, 좋구나.'

머리에서 환희에 찬 음성이 들려왔다.

"끄으윽!"

드렉타스의 입에서 비명이 흘러나왔다. 그와 동시에 어둠이 더욱더 진해지며 그의 전신을 휘감아 돌기 시작했다. 그에 카툼의 얼굴에서 처음으로 표정이 드러났다. 내려가고 있던 드렉타스의 배틀엑스에서 옅어지던 검은색 연기가 다시 짙어지면서 자신의 배틀엑스가 밀려나기 시작했다.

무릎을 꿇으면서 완벽하게 밀리던 드렉타스였다. 그런데 무릎이 펴지기 시작했고, 이어 허리가 펴지며 그 기세로 일어서기 시작했다. 얼굴은 점점 창백하게 변해가며 핏줄이 돋아났다.

핏줄은 시커멓게 물들어 있었고, 검은 눈동자처럼 눈 주변 역시 검은색으로 균열이 가면서 입술 역시 검게 물들었다. 오크의 상징인 아래에서 위로 솟아난 날카롭고 거대한 송곳니 역시 검게 물들어갔다.

"크흐흐흐흐."

그리고 드렉타스는 웃고 있었다.

"어둠을 완전히 받아들였구나."

카툼은 탄식할 수밖에 없었다.

이전에는 어둠에 물들었다고 해도 스스로 어둠을 조절했다면 지금은 완전히 어둠에 잡아먹혀 그의 모든 것이 사라진 것이다. 그는 오크도 아니고 어둠도 아니었으며, 중간계에 존재하는 어떤 존재도 아니었다.

이미 그레이트 마스터에 올랐고 언제 그랜드 마스터가 되어도 의심하지 않을 정도의 실력을 가진 카툼이다. 그 덕분에 세상의 한 축을 엿볼 수 있었다. 소드 마스터가 육체적인 확장과 최적화라고 한다면 그레이트 마스터는 정신적인 성장과 최적화라 할 수 있었다.

그래서 소드 마스터가 어느 하나로 특정된다면 그레이트 마스터는 다방면으로 그 힘을 확장시킬 수 있었다. 신화시대의 예를 들자면 지금에는 그 존재조차 찾아보기 어려운 마검사라는 존재의 대부분이 그레이트 마스터라는 것을 보면 알 수 있다.

카툼 역시 마찬가지다.

그는 굳이 주술을 배울 의미가 없었다. 배움을 주술까지 확장할 의미를 가지지 못했기 때문이다. 하지만 중요한 것은 그러함에도 불구하고 그는 세상의 한 단면을 충분히 엿볼 수 있었다.

그는 배틀엑스를 갈무리한 후 뒤로 물러나며 다시 비스듬히 배틀엑스를 내린 후 변해가는 드렉타스를 응시했다.

"크흐흐흐."

그런 와중에도 드렉타스의 입에서는 여전히 기이한 웃음이 떠나지 않았다. 그의 신형이 점점 더 거대해졌고, 근육 역시 부풀어 오르기 시작했다. 회색 피부가 흰색으로 변하더니 다시 회색으로 변해갔다.

그리고 그 회색이 점점 더 진해지더니 마침내는 검게 물들기 시작했다. 거의 전신이 검게 물들어가는 그 순간 그의 꼬리뼈가 길게 늘어나기 시작하더니 꼬리가 길게 자라나기 시작했고, 척추에서는 뾰족한 돌기가 돋아나기 시작했다.

동시에 이마에서는 거대한 산양의 뿔이 돋아나 둥글게 말려 돋아났으며, 피부는 딱딱하게 변해 마치 바위를 연상케 했다. 그의 변신이 마무리될 즈음 그는 포효했다.

"크와아아악!"

무력이 약한 이들은 그 소리에 진저리를 치며 주저앉았고, 어떤 이는 몸을 떨며 공포에 젖어 울부짖었다. 그 포효에 몬스터와 어둠에 물든 종족들은 상처가 치유되고 잃은 힘을 회복했다.

인간들과 이종족들은 절망할 수밖에 없었다. 겨우 승리에 가까워지는 판국이었다. 그런데 단 한 번에 모든 것을 뒤집어 엎는 존재가 모습을 드러냈다.

"거 새끼, 목청 한번 크네."

그때 그 포효를 뚫고 나오는 껄렁한 목소리가 있었으니, 바로 아론이었다. 아론은 홀로 있지 않았다.

"그래도 용병왕인데 품위 좀 지켜봐요."

"커흠, 이 정도면 품위 있는 것 아니오?"

"흐음, 정말 그렇게 생각해요?"

"아니, 뭐, 그게……."

팔짱을 낀 채 아론을 째려보는 유리피네스. 그녀 앞에서는 고양이 앞의 쥐처럼 행동하는 아론. 한 편의 희극을 보는 것 같았다. 하지만 그들의 등장으로 인해 완전히 다른 존재로 변해 버린 드렉타스의 포효는 그 힘을 잃어버렸다.

아니, 잃어버린 것이 아니라 어둠의 힘으로 치유되던 것이 다시 원래로 돌아갔고, 어떤 것은 더욱더 악화되어 버렸다. 그에 카툼은 허공에 떠 있는 아론과 유리피네스를 바라보았다. 둘의 시선이 부딪쳤다.

아론이 고개를 끄덕이자 카툼 역시 고개를 끄덕였다. 온전하게 드렉타스에 대한 처분을 그에게 맡기겠다는 의미이다. 카툼은 거의 5미터까지 커져 버린 드렉타스를 바라보며 한 걸음 내디뎠다.

그에 아론에게 빼앗긴 시선을 돌려 다시 카툼을 바라봤다.

"네놈……."

"날 알아보는 건가?"

"흐음, 숙주의 반응을 보니 증오와 분노로 가득 차 있군. 그 증오와 분노가 나를 불러낸 것이고."

"그런가? 어리석은 짓을 했군."

"크큭, 글쎄. 그건 모를 일이지."

매우 재미있다는 듯이 웃음을 떠올리는 존재.

"한데 널 어떻게 불러야 하지?"

"아! 그렇군. 뭐, 쓸데없는 일이지만 인간이나 중간계의 존재들은 싸우기 전에 자신을 소개하더군. 물론 수천 년 전의 일이지만 말이야."

"그래서?"

"마계 7군단 소속의 베로스."

"회색 오크의 대족장 카툼."

"그래, 소개를 했으니 한번 어울려 보자꾸나."

"좋지."

파앗!

카툼이 대지를 박찼다.

그는 전력을 다할 생각이다. 일반적인 하급 마족도 아니고 군단에 속한 마족이라면 결코 쉽지 않은 상대임이 분명했기 때문이다. 그런데도 아론이 나서지 않는다는 것은 자신이 충분히 감당할 수 있는 존재라는 것을 의미했으니 최선을 다해

볼 생각이다.

그는 드렉타스와 싸울 때와 다르게 전력을 다했다. 이미 그의 배틀엑스에서는 선명하기 이를 데 없는 오러 서클릿이 발사된 상태였다. 수십 개의 오러 서클릿이 마족 베로스를 향해 쇄도해 들어갔다.

베로스는 들고 있던 거대한 장검을 들어 사방으로 휘둘렀고, 오러 서클릿은 힘없이 튕겨져 나갔다. 하지만 그렇다고 해서 카툼의 오러 서클릿이 사라지는 것은 아니었다. 그가 쏘아 낸 오러 서크릿은 마치 살아 있는 생명체처럼 다시 날아 베로스를 향해 쇄도했다.

그 와중에 카툼은 베로스의 등 뒤로 돌아가 배틀엑스를 휘둘러 등을 가격했다.

쾅아앙!

하지만 베로스는 신음조차 흘리지 않으며 가볍게 몸을 흔들었다. 그에 카툼의 공격을 받은 곳에서 붉은색의 돌이 떨어져 나오며 카툼을 공격했다. 카툼은 날아오는 붉은색 돌을 툭 찬 후 날아올랐다.

치이익!

극독이 묻어 있었는지 무언가 녹아내리는 듯한 소리가 들려왔으나 카툼은 신경 쓰지 않고 배틀엑스를 휘둘렀다. 카툼은 오로지 하나만 신경 썼다. 하지만 베로스는 하나만 신경 쓸 수 없었다.

이유는 아직도 사라지지 않고 날아다니고 있는 오러 서클릿 때문이다. 오러 서클릿이 괜히 무서운 것이 아니었다. 오러 서클릿을 사용하는 자의 마나가 끊어지지 않는 한 끊임없이 날아다니기 때문이다.

"귀찮군."

하지만 말과 다르게 베로스는 잔뜩 인상을 찌푸리고 있었다. 결코 가볍지 않은 오러 서클릿이다. 신화시대 때 오러 서클릿을 상대해 보지 않은 건 아니다. 오히려 지금보다 더 많은 인간이 있었다.

'내 감각이 무뎌진 것인가?'

순간 베로스는 그렇게 생각했다. 분명 신화시대 때 마주한 인간과 다르지 않았다. 그럼에도 불구하고 무언가 자꾸 불협화음을 자아내고 있었다. 그리고 이 오크 놈은 지치지도 않았다. 이제는 지칠 만도 한데 말이다.

"크와악!"

포효를 내질렀다.

이 상황을 타개하기 위해서였다. 하지만 이 오크 놈은 자신의 약화 포효에 전혀 반응하지 않았다. 이 정도의 약화 포효는 아무렇지도 않다는 듯한 태도를 내보였다. 그도 그럴 것이 카툼은 언제나 아론이나 얀센, 혹은 제라르와 대련했다.

거의 죽을 만큼, 실전보다 더 실전같이 했다. 그리고 실제 아론이라는 존재는 지금 싸우고 있는 마족보다 더 강했다. 그는 정말 잔인하게 훈련했다. 뼈가 부러지는 것 정도는 아무렇지도 않았고, 남들이 보기에는 곧 죽을 것같이 베였다고 해도 결코 멈추지 않았다.

그와 결투를 하면 정말 죽을 것 같았다. 살아서 대련을 마칠 수 있는 것 자체만으로도 가슴을 쓸어내려야 했다. 아론은 마치 지금과 같은 상황을 알고 있었다는 듯이 모든 이들과 대련했다. 뭐, 당사자들은 대련을 빙자한 구타라고 했지만 말이다.

어쨌든 그 덕분에 카툼은 솔직히 그리 어렵지 않게 싸우고 있었다. 단지 평소와 조금은 다른 거대한 체구와 단단한 외피 때문에 고전하고 있기는 했지만 그리 어렵다는 생각은 들지 않았다.

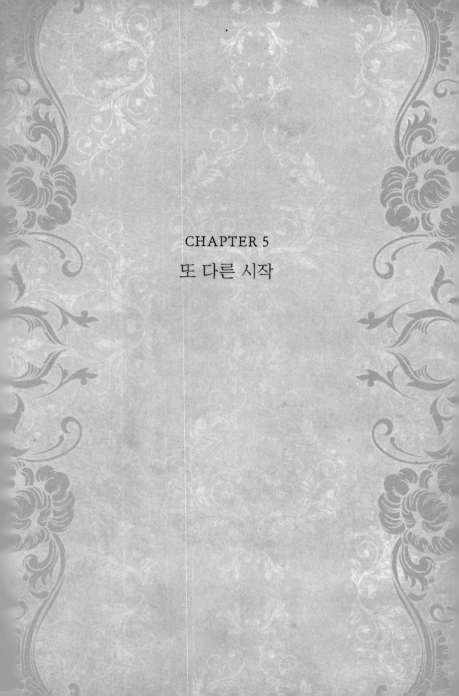

CHAPTER 5

또 다른 시작

　단지 시간이 걸릴 뿐이었다. 그들의 싸움은 점점 더 강렬해
졌다. 그들이 싸우는 20미터 이내에는 어떤 존재도 허락하지
않았다. 싸움은 그들만 하는 것이 아니었다. 인간과 몬스터,
오크와 오크, 이종족과 몬스터들이 얽혀서 일진일퇴를 거듭
했다.

　"위험하군."

　그 와중에 멀리서 끊임없이 어둠의 힘을 몬스터와 오크에
주입하고 있던 골쿤이 나직하게 입을 열었다. 그는 눈동자는
녹색으로 잔인하게 빛을 내고 있었고, 그의 주변에는 음험한

오라가 끊임없이 들끓고 있었다.

그러한 그의 시선은 전장 전체보다는 오로지 마족으로 변한 드렉타스와 카툼과의 싸움으로 향해 있었다. 조금 전 마족의 포효를 상쇄시킨 존재가 모습을 잠깐 드러내기는 했지만 이내 그 모습을 감췄다.

한동안 그 존재에 대해 경각심을 가지고 파악했지만 전장 어디에도 그 두 존재는 보이지 않았다. 그래서 경각심을 늦추고 둘의 싸움에 집중했다. 분노와 증오, 그리고 또 다른 원념으로 강림시킨 마족이다.

그런데 그 마족이 제대로 된 역할을 하지 못하고 있었다. 자신이 신경 써야 할 곳은 마족뿐만이 아니다. 전장 전반에 걸쳐서 신경 써야 했다. 그는 이미 상황이 자신에게 유리하게 돌아가지 않음을 알고 있었다.

그래서 자신의 휘하에 있는 주술사들에게 하나둘 해야 할 일을 지정해 주고 만약을 위해 마족과 카툼과의 싸움을 지켜보고 있었다. 지금 그의 얼굴은 잔뜩 일그러져 있었다.

"목에 걸린 가시와 같더니 결국 그것이 화를 불러오는구나."

이 상황을 상정하지 않은 것은 아니다. 하지만 일이 이렇게 틀어질 줄은 몰랐다. 거기까지 생각한 골쿤은 문득 지금까지 잊고 있던 것을 떠올렸다.

"그자, 분명 로드께서 말한 그자임에 틀림없다. 한데 대체 어디에?"

알 수 없는 일이었다.

하지만 한 가지 명확한 것은 지금 이곳의 상황을 그 자신이 없음에도 불구하고 명확하게 정리할 수 있다는 판단이 섰기 때문에 사라졌을 것이다. 그것을 증명하는 것은 바로 저 멀리에 환한 빛을 터뜨리고 있는 존재이다.

'하이… 엘프인가?'

골쿤은 단박에 알 수 있었다.

자연과 빛의 종족인 엘프족. 그중 가장 정점에 선 하이 엘프. 로드가 경고한 그자와 함께 나타났다 사라진 자가 멀리 눈에도 보이지 않을 곳에서 빛을 뿌리며 어둠을 정화시키고 있었다.

잔뜩 일그러진 시선으로 다시 카툼과 마족이 싸우는 곳을 바라보다 녹색 구슬을 허공에 띄운 후 조심스럽게 주변을 둘러보고 자리를 벗어났다. 그가 사라지는 것을 본 자는 아무도 없었다.

그럴 수밖에 없는 것이 그가 사라진 자리에는 또 다른 골쿤의 모습을 한 자가 서 있었다. 그의 수준이 아니면 절대 눈치채지 못할 정도로 정교한 또 다른 그 자신의 퍼펫. 그것은 그가 대주술사이기에 가능한 주술임에 분명했다.

은밀하게 전장을 빠져나가는 골쿤.

그의 주변에는 아무것도 없었다. 대지를 접어 이동하는 대주술사 골쿤. 그의 눈에 보이는 사물은 회색으로 보이며 전부 자신의 곁을 스쳐 지나가고 있었다. 그의 걸음을 가로막는 것은 아무것도 없었다.

'음? 저자는?'

그렇게 이동하던 골쿤의 시야에 잡힌 것은 바로 자신을 똑바로 직시하고 있는 그린 오크였다. 손에는 두 자루의 검은 둠해머를 들고 있으며 마치 자신의 존재를 알고 있다는 듯이 일직선으로 자신을 향해 쇄도해 왔다.

콰직! 콰직!

그린 오크의 일격에 수 명의 회색 오크와 몬스터들이 죽음을 맞이했다. 트롤이 가로막으면 트롤의 목을 부러뜨리고 뽑아냈고, 오거가 가로막으면 무릎을 쪼개 키를 낮추고 두 자루의 둠해머로 두개골을 박살 내버렸다.

그러하니 곧 그린 오크의 앞을 가로막는 장애물이 없어져 버렸다.

'설마……'

자신을 향해 일직선으로 다가오고 있었다. 그는 빠르게 걸음을 재촉했다. 그는 걸음을 재촉하면서 뒤를 힐끔 바라봤다. 순간 수백의 몬스터와 오크들이 그의 앞을 가로막았고, 그는 입꼬리를 말아 올렸다.

그렇게 전장에서 이탈해 비명과 악다구니가 멀어질 때쯤 그는 또 다른 희끄무레한 무언가를 보았다.

'…….'

너무 멀고 어두워 확인할 수는 없었다. 이미 많은 주술력을 사용했다. 주술력을 회복하기 위해서는 인간, 혹은 그에 준하는 유사 인류의 영혼을 착취해야만 했다. 하지만 그러기에는 아직 안전지대가 아니었다.

그런데 그런 그의 눈앞에 알 수 없는 존재가 모습을 드러내고 있었으니 잔뜩 경계할 수밖에 없었다. 골쿤은 조심스럽게 자신이 향하는 길목을 막고 있는 자가 있는 곳으로 다가갔다.

다른 곳으로 돌아갈 수도 있었다. 또한 왠지 모르게 호기심이 일었다.

'도대체 어떤 놈이…….'

그래서 가보기로 했다.

아무리 주술력을 많이 사용했다 할지라도 어지간한 존재는 순식간에 세상에서 지워 버릴 수 있었다. 자신이 실력이 없어서 드렉타스에게 굽힌 것이 아니었다. 로드로부터 내려받은 임무 때문이다.

그리고 만약이라는 경우의 수에 따라 적당한 때 몸을 빼고 있었다. 그런데 자신의 길을 막고 있는 자가 있으니 호기심이 동할 수밖에. 점점 더 실체가 잡혔다.

'오크?'

실체가 잡혀가는 가운데 언뜻 오크의 모습이 보였다. 그리고 그 모습은 점점 더 실체화되었고, 확신에 가까워졌다.

그리고.

'나를 향하던?'

전장에서 자신을 향해 달려오던 검은색 둠해머를 가진 그린 오크였다. 순간 그는 등골이 서늘해짐을 느꼈다. 그의 앞길을 가로막은 몬스터와 오크의 수는 그야말로 헤아릴 수 없을 정도였다.

그런데 그 많은 몬스터와 오크들을 헤치고 자신이 가고자 하는 방향에서 기다리고 있었다. 그러하기에 섬뜩한 것이다.

"누구냐?"

"블랙해머."

"블랙해머?"

눈살을 찌푸리며 떠올려 봤지만 허사였다. 전혀 들어본 적 없는 이름이다.

"아, 기억하려 애쓰지 마. 당신과 난 어떤 접점도 없으니. 아니, 있긴 하군. 회색 오크 일족에 의해 녹색 나무 일족이 멸족당했으니까."

그에 섬뜩한 미소를 떠올리는 골쿤.

"그래서 원수를 갚겠다는 것이냐?"

"뭐, 그런 것도 있고 겸사겸사."

블랙해머의 말에 다시 눈살을 찌푸리는 골쿤. 도대체 가늠할 수 없었다. 일족의 복수가 아니었다. 그렇다면 대체 뭘까?

"그분께서 이런 말을 하더군."

"그분?"

"당신도 봤을걸."

"내가 봤다고?"

"하늘에 떠서 실없는 소리 하고 사라진 양반 말이야."

"그……."

"그래, 그분."

"대오크족으로서 인간을 섬기다니."

그 말에 블랙해머는 입술 꼬리를 말아 올리며 웃었다.

"당신도 마찬가지 아닌가?"

"무슨?"

"네놈들을 그 인간을 로드라고 부른다지?"

"그걸 어떻게……."

"하늘이 알고, 땅이 알고, 네가 알고, 내가 아는데 비밀이라고 생각하나? 네놈들이 주시하듯이 우리 역시 네놈들을 주시하고 있거든?"

"그렇다면……?"

"이제 좀 감이 잡히나? 회색 오크 일족은, 아니, 오크족은 당당히 하나의 종족으로서 인정받을 것이다. 몬스터가 아닌 유사 종족으로서 말이다. 그 중심에는 카툼 님이 계실 것이다."

"말도 안 되는 소리."

"왜, 너희들이 못하니 아무도 못할 줄 알았나?"

"어둠의 힘은 아무렇지 않게 사라지는 힘이 아니다."

"물론 그렇겠지. 하지만 이미 보았을 텐데? 자연과 빛의 일족이 있음을 말이야."

"그건……."

"너희들만 머리가 있는 것이 아니지. 그런 착각은 함부로 하는 게 아니야."

그러면서 걸터앉아 있던 바위에서 서서히 일어나는 블랙해머. 그는 분명 전사였다. 하지만 중요한 것은 그는 당대에 몇 안 되는 두뇌를 가진 책사 중의 책사였다. 그러한 그가 이곳에 모습을 드러낸 이유는 골쿤을 충분히 상대할 수 있기 때문이었다.

이곳에 오기 전 그는 아론에게 불려갔고, 그곳에서 유리피네스에 의해 두 자루의 검은색 둠해머에 특별한 마법을 부여받았다. 바로 모든 주술을 무효화시킬 수 있는 마법이다. 그녀 혼자라면 문제가 있었겠지만 그녀의 곁에는 아론이 존재했다.

그는 이미 마법과 검의 경계를 넘어선 경지였기에 충분히 그녀의 마법이 두 자루의 둠해머에 부여될 수 있었다. 그래서 그는 이 자리에서 설 수 있었다.

"인정하지, 방심했다고."

"호오, 역시 대주술사라는 것인가?"

"노름으로 된 대주술사가 아니니까."

"물론 그렇겠지. 그런데 이 길로 가면 말이야, 에퀘스의 성역 중 엘리오스 가문과 바벨의 탑 중 불의 마탑이 있는 곳인데 말이지. 어딜까?"

블랙해머의 말에 살짝 놀란 얼굴이 된 골쿤은 이내 놀라움을 얼굴에서 지웠다. 하지만 블랙해머는 그 찰나의 순간에 나타났다 사라진 골쿤의 표정을 짚어냈다. 그에 블랙해머의 얼굴에 의미심장한 미소가 떠올랐다.

"두 곳 다로군."

"무슨 말이냐?"

"모를 리 없을 텐데?"

"그런 넘겨짚는 말에 내가 넘어갈 것 같으냐?"

"어."

"그……."

"놀랐지? 오크 중에 이렇게 똑똑한 오크가 있다니 말이야."

"하지만 달라지는 것은 없다."

"아, 이제 어느 정도 주술력을 모은 모양이지? 날 죽일 정도로?"

"자신감이 과하군."

"네놈이 전장에서 있던 시간은 대략 세 시간 정도. 드렉타스가 광분해서 인간을 주살하고 있을 때는 그리 큰 힘이 들어가지 않았겠지만 카툼 님과 마주할 때부터는 달라졌지. 그리고 그분이 나타나 전장의 상황을 단번에 뒤집을 때는 더했겠지."

"……."

블랙해머의 말에 골쿤을 별다른 말을 하지 않았다. 하지만 그의 등 뒤로부터 붉은색과 녹색이 일렁이는 무언가가 서서히 커지고 있었다. 블랙해머는 그것을 아는지 모르는지 여전히 자신의 생각을 이야기하고 있었다.

"그때부터 네놈의 주술력이 문제가 생겼지. 어둠의 힘을 지속적으로 충전하고 몬스터와 오크들에게 주입하기 위해서는 막대한 주술력이 필요한데 흡수되는 영혼력보다 사용되는 영혼력이 더 많으니 곧이어 한계에 부딪쳤지. 더군다나 많은 주술력을 사용해 마족까지 강림시켰으니 말이야."

"지나치게 똑똑하군."

"아, 칭찬해 줘서 고맙군. 하지만 중요한 건 칭찬이 아니지. 네놈은 지금 등 뒤에서 내가 모를 것이라고 생각하고 불과 독의 토템을 소환하고 있다는 것이지."

"크흐흐흐, 하지만 늦었다."

그와 동시에 하늘을 향해 두 손을 펼치는 골쿤. 그의 등 뒤에서 만들어지고 있던 토템이 휘황한 빛을 뿌리며 하늘에서 떨어져 내려 블랙해머의 좌우로 꽂혔고, 또 다른 하나의 푸른색 토템과 검은색 토템이 그 자신 곁에 소환되어 박혔다.

"불의 저주를 받으라!"

빠직!

콰르르르릉!

불이 타오르기 시작하면서 천둥과 같은 소리가 들려왔다. 그에 블랙해머는 가볍게 둠해머를 휘둘러 자신을 향해 쏘아진 검붉은 토템의 비를 후려쳤다. 요란한 소리를 내며 그에게 접근하기도 전에 폭발을 일으키며 사라지는 불의 저주.

하지만 골쿤은 거기에서 멈추지 않았다. 어느새 녹색의 토템을 작동시켜 블랙해머를 중심으로 상당히 넓은 면적의 독 지대를 만들어 버렸다. 독 지대를 벗어나기 위해서는 오로지 허공밖에 없었다.

하지만 블랙해머는 그냥 철벅거리면서 독 지대를 걸어 벗어났다. 어떤 피해도 입지 않은 듯하다. 그에 골쿤은 어금니를 꽉 깨물었다. 허공으로 떠오를 것이라고 생각했다. 그런데 걸어서 독 지대를 벗어나고 있었다.

수없이 많은 독충과 독이 스며들 터인데도 저항하지도 않고 중독되지도 않았다. 있을 수 없는 일이 일어나자 자신의 주술력이 아직 완벽하지 않음을 탓했지만 어쩔 수 없는 일이었다. 또한 주술이란 그것만 있는 것은 아니었다.

들고 있던 지팡이로 바닥을 내려찍자 땅이 지진이라도 난 것처럼 움직이며 쩍쩍 갈라지더니 검붉은 화염이 치솟아 오르며 용암이 흘러내렸다. 인페르노 웜을 소환한 것이다. 그에 블랙해머는 갑자기 대지를 박차고 날아올라 떨어져 내리며 꾸역꾸역 기어 나오는 인페르노 웜을 거세게 내려쳤다.

콰아앙!

빠지지직!

그의 둠해머에서 거센 방전이 일어나며 원형으로 번져 나갔다. 기실 번개란 파사의 기운을 담고 있는 것. 그러하니 지옥불 속에서 탄생한 강력한 인페르노 웜이라 할지라도 감히 당해낼 수 없는 것이 당연했다.

"키에에엑!"

수십 마리의 인페르노 웜이 비명을 지르며 녹아내렸다.

"어떻게……"

"이렇게."

그 와중에 골쿤의 독백에 답하는 블랙해머. 그만큼 여유가 있다는 것을 증명한 것이다. 골쿤은 당황했다. 세상에 지옥불 속에서 소환한 인페르노 웜이 단 한 번에 모두 소멸될 줄은 몰랐기 때문이다.

절대 있을 수 없는 일이라고 생각했다. 그래서 그는 더욱 당황했고, 자신을 향해 쇄도하는 블랙해머의 공격에 제대로 대응조차 하지 못할 정도였다. 물론 자신의 주변에 있는 두 개의 토템에 의해 단단한, 누구도 깨지 못할 방어막을 두르고 있기 때문이기도 했다.

콰앙!

하지만 블랙해머는 불가능은 없다는 듯이 연신 토템으로 만들어진 단단한 방어막을 두드려 댔다. 그러다 문득 그 두드림이 의미 없다고 생각했는지 돌연 멈추더니 두 자루의 둠해머를 마주쳐 갔다.

콰아앙!

쿨렁! 흔들!

단지 둠해머 두 자루를 부딪쳤을 뿐인데 방어막이 슬라임처럼 제멋대로 흔들렸다. 그에 정신을 차린 골쿤이 주술을 펼치기 위해 다시 주문을 외우는 그 순간 또다시 두 자루의 해머를 부딪치는 블랙해머.

"빛의 일족이신 유리피네스 님이 말씀하시길 주술을 무효화한다고 하더군."

콰아아앙!

흔들!

쩌저저적!

두 번 만에 방어막에 균열이 생겼다. 그에 골쿤은 다급해졌다. 하지만 블랙해머는 그의 주술이 완벽해질 때까지 기다려주지 않았다. 느릿하게 부딪치던 그의 둠해머가 빠르게 움직이기 시작했고, 마침내 막강하기 이를 데 없는 방어막은 대리석에 부딪친 접시처럼 부서져 나갔다.

"크아악!"

골쿤은 비명을 지르며 튕겨져 나갔다.

쿠우웅!

"쿨럭!"

거대한 암벽에 부딪친 그는 검녹색의 핏물을 한 사발이나 토해냈다. 블랙해머는 조금의 틈도 주지 않고 달려와 기진맥진한 골쿤의 머리를 박살 내버렸다.

퍼석!

비명조차 없었다.

말없이 죽은 골쿤을 내려다보는 블랙해머.

"퉤!"

그리고 죽은 골쿤의 시체에 침을 뱉고 그의 지팡이를 집어들어 자리를 벗어났다.

정적이 감도는 곳.

스스스슷!

그곳에 무언가의 움직임이 포착되었다. 사물이 움직이는 것
은 분명 아니었다. 그저 무언가 모여들었고, 그 모여든 무언
가는 마침내 사람의 형상을 했다. 그러고는 말없이 손을 뻗어
머리가 박살 난 골쿤을 가리켰고, 손끝에서 검은 무엇인가 솟
아나 죽은 골쿤을 감쌌다.

허공에 둥실 떠오른 죽은 골쿤의 시체.

스스스슷!

모습을 드러낼 때와 같이 다시 서서히 사라지는 자. 그와
함께 골쿤 역시 사라졌다.

골쿤이 사라지는 그 시각.

"크아아악!"

카툼의 거대한 배틀엑스가 베로스의 두개골을 정확하게 쪼
개고 있었다. 베로스는 이루 형언할 수조차 없을 정도의 거대
한 비명을 질렀다. 단순히 정수리에 박힌 배틀엑스라면 문제
가 없었다.

카툼이 쏘아 보낸 수십 개의 오러 서클릿이 몇 개로 합쳐
지면서 베로스의 급소를 파고들어 폭발하고 있었다. 단 한 순
간의 방심이 만들어낸 결과로 보기에는 너무나도 어마어마한
손실임에 분명했다.

그 결과가 바로 죽음이었으니까 말이다. 베로스가 강림하면

서 5미터 가까이 커진 체구가 줄어들고 검게 물든 눈동자와 두꺼운 갑각, 그리고 길게 자라난 꼬리와 뿔이 사라지며 드렉타스 본래의 모습으로 돌아왔다.

본래의 모습으로 돌아온 드렉타스의 시선은 자신의 머리에 닿은 거대한 배틀엑스는 아랑곳하지 않고 카툼을 직시했다.

"……."

둘은 서로를 바라보며 말을 하지 않았다. 그 둘의 주변에는 이미 전투가 끝났는지 정적만이 감돌고 있었다.

"잘 가라."

"다시… 돌아오마."

"능력이 된다면."

"그때는 네놈의 두개골을 박살 내주마."

"그러든지."

드렉타스는 끝까지 자신의 잘못을 시인하지 않았다. 무엇이 그리 억울하고 분한지 두 눈을 부릅뜬 채 드렉타스는 싸늘하게 식어갔다. 그런 드렉타스를 보고 고개를 저으며 배틀엑스를 뽑아 드는 카툼.

푸화악!

메마른 검녹색의 피가 치솟아 올랐다. 하지만 이내 연기가 되어 흩어져 버렸다. 그리고 드렉타스의 몸체는 검게 물들고 균열이 발생하더니 마치 얼음이 깨지듯이 산산조각이 나서 무너져 내렸다.

카툼은 잠시 그 모습을 응시하더니 이내 시선을 돌려 신성한 빛이 터지는 곳으로 향했다. 그곳에는 어둠에서 벗어난 자신의 동족이 있을 것이다. 그 동족을 올바른 길로 이끌어야만 했다.

그러기 위해서 아론은 일부러 자신을 이곳으로 이끌었다. 그가 사라지고 나자 그곳엔 그에게 죽어 검은색 얼음이 돼 잘게 부서진 알갱이만 덩그러니 남았다. 둘의 전투는 끝이 났지만 그 어떤 존재도 그곳으로 향하기를 거부했다.

휘우우웅!

무겁고 음습한 바람이 불어 진득한 회오리를 만들어냈다.

흔들!

부서진 작은 알갱이가 흔들렸다. 하나가 흔들리고 또다시 하나가 흔들리고.

또르륵!

하나의 알갱이가 구르더니 또 다른 알갱이로 다가갔다.

쩌억!

그리고 부딪쳐 하나가 되었다. 하지만 너무나 미세해서 합쳐지는지 아니면 그대로인지 그 누구도 알 수 없었다. 애초에 부서진 알갱이에서 퍼져 나오는 음습함은 몬스터조차 접근을 불허하고 있었기 때문이다.

전장에서의 전투는 계속되고 있었다. 그 누구도 지금의 현상을 눈치채지 못했고, 알갱이는 뭉치고 부딪치기를 반복하면서 검은색의 투명한 완전체를 만드는 그 순간 서서히 땅으로 파고들었다.

검은색 투명한 몸체가 완벽하게 사라지고 평평해진 땅에서 붉은색 눈이 뜨이더니 사이한 미소가 떠올랐다가 사라졌다. 모든 것이 사라졌다. 하지만 누구 하나 그가 사라졌음을 알지 못했다.

* * *

"그 말을 믿으라고?"

두 남자가 서로를 마주 보며 앉아 있다. 그리고 두 남자 중 하나가 손님을 맞이하듯 자신의 집무실 의자에 앉아 말도 안 된다는 표정으로 눈앞에 있는 자를 쏘아보며 반문했다. 그 맞은편에 있는 남자는 익히 알고 있는 자로 바로 플람베르 노가주였다.

하지만 그는 노가주라는 말이 무색할 정도로 정정했고, 언뜻 보기에 40대 후반으로 보일 정도로 젊었다. 지금 이 집무실의 주인을 찾아왔을 때 그런 플람베르 가주를 알아보지 못할 정도이다.

"어떻게 하면 믿겠나?"

"……."

플람베르 노가주의 물음에 말없이 그를 쏘아보는 굴카마스 가문의 현 가주 아게르 굴카마스. 그는 지금 믿을 수 없을 정도로 경악하고 있었다. 얼마 전까지 자신이 한 수 접어주던 플람베르 노가주이다.

그런데 지금 자신과 마주 앉은 플람베르 가문의 노가주를 보니 그 경지를 측정할 수 없을 정도였다. 마치 바다에 떠 있는 일엽편주와 같은 느낌이 들었다.

"아프다고 들었는데?"

"아팠지."

"그런데?"

"나았지."

"어떻게?"

"오래 살다 보니 별로 좋은 일을 안 했는데도 불구하고 축복을 내려주더군."

"시답지 않은 소리."

"그런가? 그래, 이런 소리를 믿기에는 자네는 너무 닳고 닳았지."

"살아온 세월이 있으니."

"그렇기는 하지."

"들었으면 좋겠군."

"들으면 달라질까?"

"혹시 모를 일 아닌가? 자네가 날 찾아온 목적이 있을 터이니."

"그런가? 그럼 한번 들어보게."

"경청하지."

그제야 진중한 표정을 지으며 플람베르 노가주의 말에 귀를 기울이는 굴카마스의 가주이다. 그렇게 그들은 오랫동안 대화를 나누었다. 굴카마스의 가주는 모든 업무를 중단한 채 플람베르 노가주의 말을 경청했다.

처음엔 그저 호기심에 플람베르 노가주의 말을 경청하다 이내 그 이야기 속으로 빠져들어 때로는 경탄하고 때로는 안타까운 표정을 지어 보였다. 그리고 용병왕에 대한 이야기가 나왔을 때 그는 경악할 수밖에 없었다.

또한 이번 제이니스 제국 전체를 피의 회오리 속에 잠겨들게 한 몬스터 웨이브의 배후에 누가 있고 그 계획을 획책한 자가 지금 에퀘스의 성역에 불어 닥친 전쟁의 소용돌이 역시 일으켰다는 것에 대해선 침묵할 수밖에 없었다.

"그 말을 믿으라고?"

"그래."

"······."

단정적으로 확언하는 플람베르 노가주의 답에 굴카마스 가주는 침묵했다. 이유는 단 하나, 자신의 가문은 에퀘스의 성역을 이끄는 일곱 개의 가문 중 첫 번째의 자리를 고수하고 있다. 그리고 플람베르 가문은 두 번째의 자리를 고수하고 있고.

서로 경쟁하는 가문.

하지만 경쟁만큼이나 서로를 인정하고 있었다. 평생 동안 보아온 플람베르 가문의 가주이다. 그러함에 그의 성격을 그 누구보다 잘 안다고 자부하고 있었다. 그에 비춰보면 플람베르 가주는 절대 허언을 하는 사람이 아니었다.

그런 그가 확언을 한다면 그만큼 확신을 가지고 있다는 말과 다르지 않았다.

"그래서 하고자 하는 말은?"

"이 상황을 타개하기 위해서 힘을 합쳐야겠지."

"힘을 합쳐? 우리 가문과 플람베르 가문이?"

"아니."

"그럼?"

"에퀘스의 성역에 있는 모든 가문과 아직 어둠에 물들지 않은 바벨의 탑의 마탑까지 모두."

"크음……."

얼굴을 굳히며 답답한 신음을 내뱉은 굴카마스 가주. 그는 이내 신색을 회복한 후 플람베르 가주를 쏘아봤다.

"자네의 말은 믿지. 하지만……"

"증명이 필요하겠지."

"그래, 증명."

"내가 알기로 굴카마스 가문에는 이지스의 방패라는 전투단이 있는 것으로 알고 있네만."

"있지."

"그중 제1방패는 자네의 아들 중 첫째가 맡고 있다지?"

플람베르 가주의 말에 뭔가 불길함을 느낀 것인지 굴카마스 가주는 말없이 그를 쏘아보았다.

"그래서?"

그의 목소리는 싸늘하게 식어 있었다.

"그놈 이름이 아마… 제이슨이지?"

"이름 따위는 필요 없지."

"그렇겠지. 중요한 것은 그런 것이 아닐 테니까."

"본론을."

"제이슨의 휘하에 그를 보좌하는 자가 있겠지."

"제이슨이 아니고?"

"아니, 제이슨도 포함된다."

"그 말……"

"책임질 수 있네."

"어떻게?"

"내 아들 중에 셋째 놈이 있지."

"데펙티오를 말하는 건가?"

"그래."

"그런데?"

"그놈 역시 휘하에 보좌하는 자가 있네. 하나에서부터 열까지 모든 것을 상의하는 그런 자."

"그런……."

"그놈은 아직 자신의 정체가 들켰다는 것을 모르네."

"왜?"

"정보를 역이용해야 하니까."

"아니, 셋째 놈은?"

"…하아!"

가볍게 한숨을 내쉬는 플람베르 가주. 한숨을 내쉬는 플람베르 가주의 얼굴이 순식간에 10년은 더 늙어 보였다. 그에 굴카마스 가주의 얼굴이 살짝 떨렸다.

"꼭……."

"그래야만 하네. 그렇지 않으면 이 상황을 타개할 수 없으니."

"아들을 희생할 정도인가?"

"개인을, 그리고 가문을 생각할 일이 아니네. 잘못하면 제국이 무너질 수도 있고 인간이 노예로 전락할 수도 있네."

"으음……."

플람베르 가주의 말에 나직한 신음을 흘리는 굴카마스 가주. 그는 이전과는 조금 다른 시선으로 플람베르 가주를 직시했다. 한 점의 사심조차 찾아볼 수 없는 진실함이 느껴지는 눈동자. 굴카마스 가주는 이것을 어떻게 받아들여야 할지 혼란스러웠다.

평생을 첨예하게 날 선 대립을 해온 플람베르 가문이다. 그런데 지금 그런 가문의 가주가 직접 자신에게 찾아와 도움을 청하고 있다. 자신의 아들까지 버려가면서 말이다. 대체 이것을 어떻게 해석해야 한단 말인가?

"아직도 망설이고 있는 건가?"

그때 그들만이 존재하는 집무실에 전혀 다른 목소리가 들려왔다. 굴카마스 가주는 놀란 표정으로 어느새 플레일과 방패를 챙겨 들었다. 하지만 플람베르 가주는 전혀 미동조차 없이 담담하게 차를 마시고 있었다.

그에 굴카마스 가주는 그를 보며 주춤한 자세를 취해 보였다. 적이라면 플람베르 가주 역시 경계를 취해야만 한다. 하지만 그는 이미 알고 있다는 듯이 담담한 표정이었다. 그에 딱딱한 얼굴로 물었다.

"아는 자인가?"

"그러하네."

"네놈……."

"사람 말은 끝까지 들어봐야지."

"지금 이 상황에서 그런 말이 통할 것 같은가?"

"그는 나와 내 아들의 목숨을 살려준 자이네."

"그 말은?"

"그가 바로 당대의 용병왕이네."

"그런, 하지만 어떻게……?"

믿을 수 없었다.

굴카마스 가문에서 그의 집무실은 결코 함부로 침입을 허용하는 장소가 아니었다. 그러하기에 은밀하게 집무실을 경계하고 있는 모든 눈을 피해 자신의 앞에 모습을 드러낸 자가 있으리라고는 생각해 본 적이 없었다.

그런데 자신의 눈앞에 버젓이 모습을 드러내고 있었다.

그리고.

"허허허, 손님이 오신 듯하여 왔거늘."

또 다른 존재가 굴카마스 가주의 집무실에 모습을 드러냈다.

"헛! 아버지?"

"오랜만이구나."

바로 굴카마스 가문의 전대 가주인 카푸트 굴카마스였다.

그에 이미 그의 얼굴을 본 적 있는 플람베르 노가주는 어느
새 자리에서 일어나 조심스럽게 읍을 하며 말했다.

"오랜만에 뵙습니다."

"그래, 오랜만이오."

"여전히 정정하십니다."

"허허허, 이 늙은이에게는 그리 좋은 말이 아닌 듯하구려."

"어인 말씀을. 당대의 굴카마스 가주는 참으로 복을 받은
것 같습니다. 저는 뒤늦게 깨달았으나 이미 안 계시니 후회가
막급합니다."

"허허허, 그러한가? 부친께서도 자네의 마음을 안다면 흐뭇
해하실 거네."

"말씀만이라도 위안이 됩니다."

"허허, 그러한가? 그건 그렇고, 소개해 주지 않겠나?"

"아! 그는 당대의 용병왕입니다."

"용병왕? 용병왕이 나왔던가?"

"그렇습니다."

"에퀘스의 성역에서 인정했던가?"

"황제가 인정했고 제가 인정했습니다."

"자네가?"

"그렇습니다."

"흐음."

그에 전대 굴카마스 가주는 고개를 끄덕였다.

"자네는 충분히 자격을 갖췄군."

"그렇게 되었습니다."

"그래서 대표가 되기 위해 이곳을 찾았는가?"

"아닙니다."

"그것은 제가 설명하겠습니다."

그때 아론이 나섰다. 그에 당대의 굴카마스 가주와 전대 가주의 시선이 아론에게로 향했다. 당대의 굴카마스 가주와는 상반되게 전대 가주는 그야말로 경악에 가까운 얼굴을 하고 있었다.

'아무것도 느껴지지 않는다. 마치 평범한 이를 보는 것과 같다. 한데······.'

허점이 없었다.

'아니, 그것이 아니다.'

아무것도 느껴지지 않았음에도, 전신이 허점인데도 불구하고 아무것도 느껴지지 않았다. 마치 망망대해에 떠 있는 것 같고, 숲 밖에서 산을 보고 있는 것이 아닌 그저 끝없이 펼쳐진 수해 한가운데 서 있는 듯 느껴졌다.

따악!

그때 아론이 말없이 손가락을 튕기자 허공에 하나의 영상이 맺히면서 처음부터 끝까지 순식간에 설명해 주었다. 그저 스쳐 지나감에도 불구하고 그것을 보는 이들은 마치 상세하게 설명을 듣는 것처럼 명확하게 인지되었다.

"허어……."

영상을 다 본 전대 굴카마스 가주는 헛바람을 삼키며 탄식을 터뜨렸다. 당대 굴카마스 가주 역시 어느새 침착함을 되찾아 상황을 판단하기에 이르렀다.

"하면 당신은……."

"수습을 해야 할 사람입니다."

"허어."

다시 탄식을 터뜨리는 전대 및 당대의 굴카마스 가주. 그리고 당대의 굴카마스 가주는 자신도 모르게 자괴감이 들었다. 분명 자신보다 젊은 나이였다. 그러함에도 불구하고 무거운 짐을 짊어진 채 끊임없이 앞으로 나아가 싸우고 있었다.

'한데 나는 뭐란 말인가?'

겨우 가문의 안위를 위해서 싸워오고 있었다. 다른 이라면 자신감 있게 나섰을 것이다. 한없이 초라해지는 자신의 모습에 절로 한탄이 나왔다. 그에 전대 가주가 그의 어깨를 툭툭 두드렸다.

그리고 아론을 보며 말했다.

"가르침을 받을 수 있겠소?"

어느새 그의 목소리에는 정중함이 묻어나 있었다. 그는 이미 느끼고 있었다. 지극히 평범해 보이는 저 모습이 이미 비범함을 넘어서서 인간의 경지를 넘어섰다는 것을 말이다. 그럴 수밖에 없는 것이 세간에 알려진 바 없지만 자신은 이미 그랜드 마스터였다.

그랜드 마스터에 올랐을 때 그는 아찔함을 느꼈다. 그랜드 마스터는 검의 끝이 아닌 새로운 시작이라는 것을 알게 되었다. 또 다른 거대한 경지가 눈앞에서 펼쳐졌다. 그는 여전히 침착함을 유지하고 있는 플람베르 가주를 바라봤다.

자신과 같은 경지였다.

그랜드 마스터쯤 되면 기사, 혹은 마법사의 경지를 어느 정도 파악할 수 있었다. 물론 더 높은 경지를 가진 자라면 당연히 자신보다 하수를 알아볼 수 있겠지만 그랜드 마스터로서 느끼는 상대방의 경지는 조금 달랐다.

자신보다 훨씬 늦은 시간에 그랜드 마스터에 올랐을 플람베르 가문의 가주. 하지만 지금 느껴지는 그의 경지는 어떤 면에선 오히려 자신을 앞지르고 있었다. 그래서 그 중심이 되는 아론에게 청했다.

가르침을 달라고.

그리고 아론은……

"어렵지 않지요."

"그럼."

그러면서 당대의 굴카마스 가문의 가주를 바라보는 전대 굴카마스 가문의 가주. 그에 당대의 굴카마스 가주가 자리에서 벌떡 일어나 안내했다.

"이쪽으로……."

집무실 한쪽 벽면을 만지자 소리도 없이 열리는 비밀 통로. 그 안으로 그가 걸음을 옮기자 사람들은 말없이 그를 따라 안으로 걸음을 옮겼다.

"상황을 전하지 않아도 되나?"

"며칠 자리를 비운다고 해서 무너질 가문이 아니네."

"그런가?"

굴카마스 가주와 플람베르 가주가 나란히 걸으며 대화를 나눴다.

"그런데 지금 자네……."

"용병왕 덕분이지."

이미 굴카마스 가주가 무엇을 물을지 안다는 듯 그에 맞는 답을 해주는 플람베르 가주이다. 그에 굴카마스 가주는 슬쩍 뒤를 바라본 후 다시 앞으로 시선을 두며 말했다.

"전생에 나라를 구했나 보군."

"나도 그리 생각하네."

그에 슬쩍 플람베르 가주를 바라본 후 고개를 젓는 굴카마스 가주. 예전의 플람베르 가주라면 지금 자신의 말을 농담처럼 가볍게 받아넘기지는 않았을 것이다. 하지만 이내 그는 플람베르 가주의 말이 농담이 아님을 알 수 있었다.

"그래서 이렇게 발 벗고 나서는 것인가?"

"그런 면도 없지는 않네."

"다른 면이 있다는 것인가?"

"그러하네."

"물어도 되겠나?"

"남아로 태어나 영웅과 함께 세상을 질타할 수 있다면 영광이지 않겠는가?"

"그것으로 인해 가문이 사라진다고 해도?"

"자네가 보기에는 어떤가?"

"무엇이 말인가?"

"용병왕 말이네."

"글쎄, 나는 그를 오늘 처음 보네."

굴카마스 가주의 말에 피식 웃어 보이는 플람베르 가주이다. 그가 평가를 보류하는 이유를 알기 때문이다. 그것은 자존심이었다. 에퀘스의 성역의 첫 번째 자리를 차지하고 있는 1좌로서의 자존심이다.

"그와의 인연은 내 아들 길버트에서부터 시작됐네."

"그런가?"

전혀 관심이 없다는 듯이 건성으로 듣는 굴카마스 가주.

"길버트가 가문으로 돌아온 계기가 그이며, 가문으로 돌아왔을 때 길버트는 이미 소드 마스터가 되어 있었네."

"재능이 있던 모양이로군."

"그놈이 가문을 벗어던졌을 때 익스퍼트 중급이었네."

그에 살짝 놀란 얼굴을 한 굴카마스 가주. 소드 마스터는 재능이 있다고 해서 벽을 허물 수 있는 것이 아님을 자신도 알고 있다. 그리고 그레이트 마스터나 그랜드 마스터 역시 마찬가지였다.

자신이 알기로 플람베르 가문의 첫째가 가문에 환멸을 느껴 가문을 박차고 나간 것은 겨우 10년을 넘지 않았다. 그런데 그사이에 소드 마스터가 되었다면 진정 행운이라 할 수 있었다.

"그랬던 그놈이 이제는 그레이트 마스터가 되었네."

"허어~"

놀랄 수밖에 없었다. 소드 마스터가 된 지 얼마나 지났다고 그레이트 마스터가 되었단 말인가?

"더 놀라운 것을 알려줄까?"

"더 놀라운 것?"

"그러하네."

"듣고 싶군."

"짐작하고 있겠지만 나는 그랜드 마스터이네."

"으음……."

자신의 짐작이 맞아들어 감에 굴카마스 가주는 침음성을 흘릴 수밖에 없었다. 그런 그의 침음성에는 아랑곳하지 않고 플람베르 가주는 다음 말을 이었다.

"그랜드 마스터인 나와 그레이트 마스터인 아들놈이 함께 덤벼도 그를 어찌할 수 없다는 것을 아나?"

"……!"

가던 걸음을 우뚝 멈춰 세우는 굴카마스 가주.

"그 말은……."

"그는 어쩌면 인피니티 마스터일지도 모르네."

"……."

이제는 더 이상 놀랄 힘도 없었다. 둘의 대화를 뒤에서 듣고 있던 전대 굴카마스 가주가 아론을 보며 단도직입적으로 물었다.

"사실이오?"

"……."

그에 아론은 말없이 자신의 손을 들어 손바닥을 하늘로 향했다. 그의 손바닥으로 푸른색의 선명한 무언가 몰려들어 구슬을 만들었고, 그 구슬은 점차 어떤 형태를 갖췄는데 마치 꽃이 핀 것과 같았다.

그것은 분명 오러 플라워였다.

바로 그랜드 마스터의 전유물인 오러 플라워.

하지만 일반적인 오러 플라워와는 달랐다.

'압축!'

오러 블레이드가 뭉쳐서 오러 서클릿이 되고, 오러 서클릿이 개화하여 오러 플라워가 된다. 하지만 지금의 오러 플라워의 모습은 일반적이지 않았다. 눈부시게 푸르렀고, 선명하기 이를 데 없어서 손톱만큼 작은 크기의 오러 플라워였음에도 불구하고 확연히 알 수 있었다.

그리고 그런 오러 플라워가 한 송이도 아니고 수백 송이가 되었고, 가을날 씨를 사방으로 퍼뜨리는 민들레처럼 한 송이, 한 송이가 눈처럼 쏟아져 내렸다. 세 사람은 이 대단한 기경에 감탄할 수밖에 없었다.

'아름답다.'

세 사람은 동시에 같은 생각을 했다.

마나의 꽃이라는 것이 이렇게 아름다울 수 있다는 것에 감탄했다. 그리고 한편으로는 전율했다. 저 작은 마나의 꽃 한 송이, 한 송이에 담긴 거력은 이루 헤아릴 수 없이 거대했다. 폭발하면 수천의 인명을 살상할 것이고, 바람에 날리면 수만의 목숨을 앗아갈 것이다.

"자네는 전생에 나라를 구한 것이 아니라 세상을 구한 것 같군."

"그 말, 나도 동감하네."

"허허, 허허허허."

굴카마스 전대 가주의 웃음에는 허탈감이 들기까지 했다. 하지만 그 깊은 허탈감 속에는 새로운 경지를 보았다는 지극한 기쁨이 깃들어 있었다. 아직 자신은 끝에 도달하지 못했다. 그래서 그 끝에 한번 도달해 보고 싶은 욕심이 생겼다.

"따르겠소."

"……?"

아론은 뜬금없는 전대 굴카마스 가주의 말에 의문이 가득한 얼굴로 그를 바라봤다.

"이미 인간의 경지를 넘어선 영광을 맛보았는데, 그리고 세상을 구할 일에 동참하는 데 어찌 사사로움을 담을 수 있겠소. 굴카마스 가문은 모든 것을 버리고 용병왕께서 하고자 하는 바를 따르겠소."

"아버지."

"따라라. 이런 일에는 결코 야망과 사심이 깃들어서는 안 되느니라."

"하나……."

"그가 마음먹었다면 우리 가문은 이미 사라졌을 터. 아직도 모르겠느냐?"

"그것은……."

"아, 그리고 가문과 연합을 맺은 모든 가문에 전하라. 우리는 전적으로 용병왕을 따르겠노라고. 함께하지 않는다고 해서 불이익은 없으나 역사에 이름을 남길 영광된 순간은 두 번다시 오지 않을 것이라고 전하라."

"가문의 가주는 저입니다."

"알고 있다. 하나 이번만큼은 양보할 수 없다. 전대 가주로서 굴카마스 가문의 방패로서 내리는 명이다."

"…명을 따르겠습니다."

결국 굴카마스 가문의 현 가주는 전대 가주의 명에 굴복했다. 그에 아론은 슬쩍 플람베르 전대 가주를 바라보며 눈을 찡긋했다.

'허어, 이것은… 의도한 것이로군.'

플람베르 전대 가주는 내색하지 않은 와중에 그런 생각을 하며 고개를 끄덕였다. 얼마나 많은 가문이 참여할지는 모르지만 자신이 움직이는 것보다 에퀘스의 성역에 대하 전혀 모르는 아론이 나서는 것이 백배의 효과를 보고 있으니 속으로 혀를 찰 수밖에 없었다.

CHAPTER 6
성역의 분열

수 명의 기사들이 한 장소에 모였다.

그 장소는 바로 굴카마스 가문의 대회의실.

제1성좌 가문인 굴카마스 가문으로부터 시작해 플람베르 가문, 포세이두스 가문, 스피리투스 가문, 엘리오스 가문, 마테리아 가문, 칼뤼베이우스 가문의 가주들과 그들을 호위하는 호위 기사와 책사들이 한자리에 모였다.

굴카마스 가문에서 소집한 성역 대회의였다. 지금까지 성역 대회의가 열린 적은 단 두 번밖에 없었다. 바로 제이니스 제국이 누란지위에 처해 있을 때뿐, 이전에도 이후에도 없었다. 그런데 그런 성역 대회의가 500년 만에 다시 소집된 것이다.

성역 대회의는 에퀘스의 성역을 이루고 있는 일곱 가문이 추천한 7인의 엘더 에퀘스가 있고, 그 7인의 엘더 에퀘스는 그들을 대표하는 한 명의 옵티머스를 선출하게 되는데 선출된 옵티머스가 가지는 권한 중 하나였다.

제국의 역사와 함께하는 에퀘스의 성역.

그 오랜 세월 동안 7인의 엘더 에퀘스가 선출되어 유지되고 있는 것이 실로 놀랍기는 했다. 하지만 그것이 온전하게 유지되고 있느냐고 묻는다면 그것은 또 고개를 갸웃할 수밖에 없었다. 원래대로라면 7인의 엘더 에퀘스에는 일곱 명이 존재해야 했다.

하지만 이곳에 있는 엘더 에퀘스는 세 명밖에 없었다.

굴카마스 가문, 플람베르 가문, 마테리아 가문의 엘더 에퀘스였다. 그에 옵티머스인 카푸트 굴카마스는 얼굴을 딱딱하게 굳혔다. 엘더 에퀘스는 평소 한곳에 모여 있는 것이 아니라 각자의 가문 심처에 머물고 있었다.

하지만 그렇다 해도 옵티머스의 소환령에는 따라야 하는 것이 정상이다. 각 가문의 가주들은 참석했을지 몰라도 엘더 에퀘스가 참석하지 않는다면 의미가 없었다. 그 말은 이미 엘더 에퀘스의 위신이 땅에 떨어졌고, 제대로 권한을 행사할 수 없음을 의미하기 때문이다.

'오래되기는 했지만……'

이럴 줄은 몰랐다.

그것은 카푸트 굴카마스만 그런 것이 아니었다. 플레이마누스 플람베르와 클라렌스 마테리아 역시 마찬가지로 당황할 수밖에 없었다. 하지만 얼굴에 드러내기 무섭게 그들은 평온을 되찾았다.

이미 남들보다 몇 배는 더 오랫동안 살아온 이들이다. 그런 그들은 섣불리 자신의 내심을 드러낼 정도로 호락호락하지 않았다. 그 와중에 아론은 대회의실 내를 무심하게 훑어봤다.

모두 참석하기는 했지만 그 표정만으로도 그들이 어떤 생각을 하고 있는지 알 수 있었다. 엘더 에퀘스가 참석하지 않은 가문은 명백하게 귀찮다거나 혹은 거만한 표정을 짓고 있었다.

'이미 결심을 하고 온 것이로군.'

그들이 이 소환에 응한 이유는 자신들의 의견을 피력하기 위해서라고 할 수 있었다. 아론은 그들의 속내를 명확하게 알 수 있었다. 아마도 모르긴 몰라도 세 명의 엘더 에퀘스 역시 이미 참석하지 않은 자들의 의도를 꿰뚫고 있음이 분명했다.

"흐음."

나직하게 한숨을 내쉬는 카푸트 굴카마스. 그리고 그가 말을 꺼내기 전에 굵직한 목소리가 들려왔다.

"한데 이곳에 알지 못하는 자가 참석한 것 같습니다."

그의 말은 정중했으나 목소리에는 날카로운 가시가 박혀 있었다. 바로 7성좌에 머물고 있는 아이언 칼뤼베이우스 가주였다.

"그는 새롭게 용병왕으로 추대된 아론이라는 사람이네."

카푸트 굴카마스가 입을 열어 알려주었다. 하지만 칼뤼베이우스 가주는 그 답을 원하는 것이 아니라는 듯 다시 물었다.

"이곳은 오로지 에퀘스의 성역에 속한 이들만이 참석하게 되어 있습니다."

"알고 있네."

"한데 어찌 이방인이 이 자리에 있는 것입니까?"

"엄밀하게 따지면 나와 염제, 그리고 공군주 역시도 이방인이네."

"그것은……."

"우리는 이미 사사로이 가문을 떠났네. 그러면 이방인이 아니던가?"

"억지가 심하십니다."

"꽤 명석하군. 내가 억지를 부리는 것도 알고 말이지."

"지금 저를 놀리시는 겁니까?"

"설마 내가 일곱 개의 성좌 중 일곱 번째 좌를 차지하고 있는 칼뤼베이우스 가문의 가주를 놀리겠는가?"

그렇게 말을 하고는 있지만 누가 보아도 명백하게 놀리고 비웃는 카푸트 굴카마스였다.

"지황님께서 말씀이 심하십니다."

둘의 대화를 듣고 있던 엘리오스 가문의 마탄 가주가 항변했다. 그에 카푸트 굴카마스의 시선이 그에게로 향했다. 하지만 그가 입을 열기 전에 먼저 입을 여는 자가 있었다.

"먼저 자신을 밝혀라."

그에 엘리오스 가문의 마탄 가주의 시선이 그에게로 돌아갔다. 그리고 얼굴을 잔뜩 일그러뜨릴 수밖에 없었다. 타는 듯이 붉은 머리에 새하얀 수염이 덥수룩한 자, 바로 전대 플람베르 가문의 가주였고 염제라 불리는 플레이마누스였기 때문이다.

전대이기는 하나 이미 그의 성정은 후대에 알려질 정도로 대단했다. 바로 다름 아닌 불의를 참지 못하는 불같은 성정으로 말이다. 가문 중 방계의 인원이 모욕을 당했다고 해서 단신으로 자작 가문으로 쳐들어간 일화는 아직도 회자될 정도이다.

"크음, 엘리오스 가문의 마탄입니다."

"오~ 그래, 네가 그 코찔찔이 마탄이로구나."

"그런……."

당황하는 엘리오스 가문의 마탄 가주. 하지만 누구 하나 그의 말에 웃음을 터뜨리는 이는 없었다. 그 이유는 바로 지금의 상황이 결코 자신들이 원하는 대로 흘러가고 있지 않고 있기 때문이다.

대회의실에는 부드러운 표정의 카푸트 굴카마스가 나섰을 때와는 다르게 후끈 달아올라 있었다. 마치 무언가 하나를 툭 건드리면 그대로 폭발할 것 같았다.

"다들 진정하시지요."

그에 염제 플레이마누스가 그곳으로 시선을 돌렸다. 그곳에는 공간의 군주 클라렌스가 있었다. 그에 염제 플레이마누스의 하늘로 치솟아 올라 하늘거리던 머리카락이 조금은 가라앉았다. 조금은 진정이 되었다는 뜻일 게다.

그를 진정시킨 공간의 군주 클라렌스가 대회의장을 둘러보며 차분한 목소리로 입을 열었다.

"빙제와 풍제, 그리고 태양의 군주와 철혈의 군주가 보이지 않는군요."

"그것은……."

"사정이 있으셔서……."

"7인의 엘더 에퀘스의 옵티머스이신 지황께서 500년 만에 내린 소집령이지요. 그런데 소집령에 응하지 않았다? 그것도 사정이 있어서? 그 사정이 어떤 것인지는 모르나 그것이 과연 옳은 일이라고 생각하나요?"

"그것은 죄송하게 생각하고 있습니다."

포세이두스 가문의 폰스 가주가 정중하게 머리를 숙여 사과의 말을 했다. 하지만 공간의 군주 클라렌스는 그것 역시 마음에 들지 않는 것 같았다. 조용하고 부드러웠으나 그녀의 분노는 상상을 초월하고 있음이 분명했다.

그녀가 여자의 몸이기는 하지만 전대 마테리아 가문의 가주였고 지금은 일곱 명의 엘더 에퀘스 중 한 명이다. 가진 바 무력도 무력이지만 그녀의 위치가 결코 현 가주들보다 낮지 않고 발언권 역시 낮지 않아서 그녀의 조용한 분노는 장내를 싸늘하게 만들기에 충분했다.

"죄송하게 생각하나 되돌릴 이유는 없다는 말인가요?"

"그러기에는 이미 그 간극이 너무 크지 않나 싶습니다."

"포세이두스 가문의 폰스 가주께서 말한 간극이라는 것이 무엇인가요?"

"에퀘스의 성역을 이루는 일곱 개 가문의 그 좌가 만들어진 지 기백 년. 그 세월이 너무 오래되었다고 생각하지 않습니까?"

"그래서 그 순위의 좌를 바꿀 필요가 있다는 것인가요?"

"그렇습니다."

"그래서 그것을 통보하기 위해 이곳에 온 것인가요?"

"그렇습니다."

"그렇다면 이 문을 나서는 순간 우리는 서로 적이로군요."

"그렇습니다."

"하면 그대는 어느 쪽인가요?"

"포세이두스 가문의 가주 폰스가 감히 선언합니다. 지금 이 순간부로 스피리투스 가문과 엘리오스 가문, 그리고 칼뤼베이우스 가문은 굴카마스 가문과 플람베르 가문, 그리고 마테리아 가문에 도전을 신청합니다."

"크흐흐, 그 말이 왜 안 나오나 했다. 그럼 이제 전쟁이로군."

아주 재미있다는 듯이 염제 플레이마누스가 나직하게 으르렁거렸다. 그의 전신에서는 감히 항거할 수 없을 정도의 강력한 기세가 피어올랐고, 그가 왜 염제인지 알려주듯 드넓은 대회의장은 어느새 후끈 달아올라 그 뜨거움으로 아지랑이가 피어오를 정도였다.

"크으음."

몇몇 무력이 약한 이들은 그 숨이 턱턱 막힐 정도의 뜨거움에 나직하게 침음성을 흘렸다. 그것은 반기를 든 네 개 가문의 가주들 역시 마찬가지였다. 그들의 얼굴이 딱딱하게 굳어갔다.

'역시 염제 플레이마누스라는 말인가?'

'과거보다 배는 더 강해진 것 같군.'

'하나 우리 역시 놀고만 있지는 않았으니 이 치욕을 되갚는 데는 그리 오래 걸리지 않을 것이다.'

"그만하는 것이 좋겠소."

"이제 재밌어지려는데……."

지황 카푸트가 말리고 나서자 입맛을 다시며 힘을 거둬들이는 염제 플레이마누스이다.

"염제께서는 과거보다 두 배는 강해지셨군요."

"헛되이 나이만 먹을 수 없으니 어쩔 수 없지요."

그들은 평온하게 대화를 이어갔다. 그들의 안중에는 이미 반기를 든 네 가문은 안중에도 없었다. 그러한 그들의 태도에 네 가문의 가주들은 얼굴이 시뻘겋게 달아올랐다. 그들 나름대로 자부심이 대단한데 자신들의 가문을 완전히 무시하는 태도를 보이고 있기 때문이다.

그에 분을 참지 못하고 스피리투스 가문의 페르플라멘 가주가 회의 탁자를 내려치며 자리에서 벌떡 일어났다.

"언제까지 그렇게 웃을 수 있는지 지켜보겠소!"

"그래그래, 많이 지켜봐. 나 또한 지켜보지."

플람베르 가문의 염제 플레이마누스가 이죽이며 답했다. 그에 네 가문의 가주들은 얼굴을 딱딱하게 굳힌 채 대회의실을 박차고 나갔다. 그런 그들의 모습을 본 세 명의 엘더 에쿼스 역시 그리 좋은 얼굴은 아니었다.

"일이 어렵게 되었군."

"어차피 각오한 일이 아니었소."

"오히려 잘된 일인지도 모르지요. 언젠가는 이런 사태가 일어났을 테니까요."

"그렇긴 한데 일이 참 공교롭게 돌아가고 있어서 말이지요."

세 명의 엘더 에퀘스는 서로 대화를 나눴다. 그들은 지금의 상황이 결코 일곱 개 가문만의 일이 아님을 알고 있었다. 이미 지황 카푸트 굴카마스와 염제 플레이마누스 플람베르는 아론에게 충분히 들었기 때문에 알고 있었고, 공간의 군주 클라렌스의 경우는 현재의 상황 판단으로 지황과 염제의 편에 선 것이다.

"그런데 이야기를 좀 들었으면 좋겠군요."

"이야기라······."

"용병왕께서 참석한 것이 현재의 상황 때문이 아닌가요?"

"맞소."

"현재의 상황이 안 좋게 흘러가고 있음을 알고 있어요. 그리고 플람베르 가주께서 은밀하게 보내주신 전으로 가문의 일은 무사히 마무리되었어요. 늦게나마 감사드려요."

"별말씀을요. 에퀘스의 성역에 있는 가문으로서 당연히 해야 할 일이었습니다."

공간의 군주 클라렌스의 말에 플람베르 노가주는 손사래

를 치며 겸양을 떨었다.

"아니지요. 얼마 전까지 아 가문은 플람베르 가문과 적대적인 관계를 가지고 있었지요. 그런데 그런 적대적인 관계를 알고 있음에도 불구하고 사실을 알려 타 가문을 위기에서 구한다는 것은 범인이라면 할 수 없는 일이지요."

"허험, 이놈이 꽤 뛰어난 놈이기는 하오."

그에 염제 플레이마누스가 헛기침을 하며 기뻐했다. 아무리 직계의 후손이 아니라고는 하지만 어쨌든 지금의 플람베르 가문을 잘 이끌고 있음이니 어깨가 으쓱해졌기 때문이다. 그에 공간의 군주 클라렌스가 고개를 끄덕였다.

확실히 현재의 플람베르 가주는 뛰어났다. 그녀는 지그시 당대의 플람베르 가주를 응시했다.

'나와 같은 경지, 아니, 그 이상이다. 당대의 가주 중 이와 같은 경지에 도달한 자가 있던가?'

답을 하자면 단연코 없었다.

대부분의 가주가 소드 마스터였고 상당히 뛰어난 자가 그레이트 소드 마스터였다. 하지만 자신이 알기로 현재 각 가문의 가주 중 그레이트 소드 마스터에 오른 자는 없었다. 모두 소드 마스터였다.

때문에 마스터의 등급을 최상, 상, 중, 하로 조금 더 세분해서 그 경지를 매기고 있었다. 그런데 지금 자신의 눈앞에 있는 플람베르 가주는 그레이트 소드 마스터를 뛰어넘었거나 그랜드 소드 마스터를 바로 목전에 두고 있는 최상급의 그레이트 소드 마스터일 가능성이 높았다.

자신이 바로 그랜드 소드 마스터를 바로 목전에 두고 있기 때문에 든 생각이다. 200년이라는 기나긴 시간을 참오하여 겨우 도달한 그랜드 소드 마스터의 문턱이다. 그런데 적어도 자신보다 100년은 더 어릴 법한 플람베르 가주가 자신과 비슷하거나 상위에 있다고 생각하자 나름 입맛이 썼다.

굴카마스 가문이 일곱 개의 가문에서 수좌를 차지할 수 있던 이유는 대부분의 굴카마스 가문의 가주들은 그레이트 소드 마스터의 경지에 있었고, 그런 그들이 조련하는 가문의 기사들의 실력이 뛰어났기 때문이다.

그런데 이제는 플람베르 가문마저 당대의 가주가 그레이트 소드 마스터일 것 같았다. 아니, 오히려 굴카마스 가문의 가주보다 뛰어나 보였다. 그래서 입맛이 썼다. 자신의 가문 가주는 아직 소드 마스터에 머물고 있거늘.

'문제는 모든 것이 극에 달한 소드 마스터인 가주조차 제대로 알아차릴 수도 없을 정도로 강력한 세력이 에퀘스의 성역을 노리고 있다는 것이겠지.'

바로 이것이 그녀가 다른 네 가문의 연합을 선택한 것이 아닌 굴카마스 가문과 플람베르 가문을 택한 이유였다. 세력적인 면에서는 분명 밀리기는 하나 그 내적인 면에서는 오히려 그들을 압도하고 있었기 때문이다.

그리고 내부의 첩자와 함께 가문의 가주가 흑염화에 당했음을 알렸고, 그에 대한 대책까지 알려왔으니 다른 네 가문보다 오히려 플람베르 가문이 더 믿음직스러웠다. 물론 그 근본에는 진즉부터 현재의 상황을 면밀하게 조사하고 있는 차였기 때문에 조금 더 일찍 깨달을 수 있는 이유도 있었다.

하지만 정작 그 중심이 되는 사건에 대해서는 아직 궁금증이 많았다. 많은 의문이 들었지만 일단 자신의 가문에 도움을 준 플람베르 가문의 가주의 청을 들어 그의 편에 서기는 했지만 말이다.

그에 아론은 허공에 다시 영상을 띄우기 시작했다. 그저 단순한 손짓이었다. 하지만 공간의 군주 클라렌스는 살짝 놀란 표정을 지어 보였다. 그는 분명 마검사는 아니었다. 하지만 마법사처럼 너무나도 자연스럽게 허공에 영상을 재생해 내고 있었다.

그녀 역시 그레이트 소드 마스터이기에 아론이 어떤 마법적인 아티팩트로 지금의 영상을 구현해 낸 것이 아니라는 것을 너무나도 잘 알고 있었다. 그렇다는 것은 그는 순전히 본신의 힘으로 공간에 영상을 구현해 낸 것이다.

그래서 놀랐다.

마법이 아닌 순수한 검사로서 텅 빈 공간에 영상을 재생할 수 있다는 점에서 말이다.

'어쩌면 저자는 내가 생각하는 범주를 벗어난 자일지도. 아니, 아니지. 어쩌면 그만의 특별한 방법이 있을지도.'

그렇게 생각하는 동안 허공에 맺힌 영상이 재생되고 있었다. 염제 플레이마누스와 공간의 군자 클라렌스, 그리고 지황 카푸트는 말없이 재생되는 영상을 지켜봤다. 그리고 그들은 내심 침음성을 삼켰다.

전혀 알지 못한 일이 이 세상에, 이 대륙에, 이 제국에서 벌어지고 있었기 때문이다. 어느 정도 상황을 인지하고는 있었지만 세 명의 엘더 에퀘스는 영상을 보는 건 처음이다. 대략적으로 짐작하는 것과 그 짐작을 확인하는 것은 천양지차일 수밖에 없었다.

"으으음."

셋은 동시에 신음성을 흘렸다.

"저것이……."

"모두……."

"사실이라면……."

그들은 각자 한마디씩 내뱉었고, 결론을 내릴 수 없었다. 아직 영상이 다 끝나지 않았으니 말이다. 아론이 재생하는 영상에서는 실로 많은 것이 포함되어 있었다. 물론 아론이 힘을 얻은 순간부터는 아니지만 지금 제국에서 일어나는 알 수 없는 일에 대해서는 명확하게 설명할 수 있었다.

"결국⋯⋯."

"힘에 취한 것인가?"

"그렇게 되었군요."

셋은 이 모든 일이 불의 마탑의 탑주에 의해 오래전부터 준비되어 오고 실행되고 있음을 확인했다. 또한 그 실행에 대한 결과가 지금 에퀘스의 성역에서 일어난 일과 제국을 휩쓸고 있는 몬스터의 대규모 발호와 관계가 있다는 것을 알 수 있었다.

"내 선택이 틀리지 않아서 다행이로군요."

공간의 군주 클라렌스의 말에 염제 플레이마누스는 붉은 머리를 끄덕였다. 그 역시 가문에 남아 있는 소가주의 강력한 호소와 사정 설명에 선뜻 나서기는 했으나 완전히 이해한 것은 아니었다.

그런데 아론이 보여준 영상을 본 후 완벽하게 자신의 선택이 타당함을 인정할 수 있었다. 그와 동시에 그는 묘한 눈으로 아론을 바라보며 호승심 가득한 표정을 지어 보였다. 아론은 그의 표정이 무엇을 의미하는지 너무나도 잘 알고 있었다.

그것은 플람베르 노가주도, 대지의 황제라 일컬어지는 지황 카푸트 굴카마스에게도 받은 시선 그대로였으니 말이다.

"언제든지 환영합니다."

"크흐흐, 그것참, 시원해서 좋군."

아론의 시원한 수긍에 염제 플레이마누스는 붉은 머리를 일렁거리며 만족한 웃음을 지어 보였다.

"하지만 지금은 아닙니다."

"물론 그렇겠지. 나 또한 지금이 어떤 상황인지 충분히 인지하고 있으니 말이야."

"이해해 주셔서 고맙습니다."

"고마울 필요는 없지. 가문을 위해서이고, 제국을 위해서이며, 나아가서는 탐욕을 저지하기 위해서이니 말이야."

"옳은 말이오. 하나 세상이란 그리 녹록치 않구려."

염제 플레이마누스의 말에 찬동하고 나서는 지황 카푸트.

"세상일이라는 것이 내 생각대로만 흘러가는 것이 아니니 어쩔 수 없죠."

"그렇겠지요."

지황 카푸트가 탐스럽게 흘러내린 수염을 쓰다듬으며 공간의 군주 클라렌스의 말에 동의했다.

"그러면 방법은 있고?"

염제 플레이마누스가 아론에게 물었다.

"이제부터 대화를 해봐야 하지 않겠습니까?"

"하긴, 이제 각 가문으로 돌아갔을 터이니 약간의 시간이 있는 셈이로군."

"아마 그렇게 많은 시간은 없을 겁니다."

"그 말은?"

"이미 지금의 상황이 될 것이라는 것을 모를 리 없는 그들이잖습니까?"

"그렇군."

"그렇다면……."

"그들은 이미 움직이고 있을 것입니다."

"그렇다면 문제로군."

"그렇습니다. 단순히 네 가문만이 문제가 아니라 그들을 지원하는 마탑까지 염두에 둬야 할 것입니다."

"그렇군. 마탑이 있었군."

아론의 말에 이제야 알겠다는 듯이 고개를 끄덕이며 안색을 굳히는 이들이다. 마탑이 성역의 일에 관여했다면 그 뿌리가 상당히 깊다는 것을 의미한다. 마탑과 성역은 서로 불가침의 관계이며 또한 서로를 철저히 경계한다.

그러함에도 불구하고 네 가문이 선뜻 분열에 가담한 것은 그들 가문 깊숙한 곳에 마탑의 존재가 있다는 것을 의미했다. 에퀘스의 성역에 있는 일곱 가문은 서로 상성이 존재했다. 그러하기에 1좌에서 7좌로 서열이 정해져 있다고는 하나 함부로 서로를 넘볼 수 없다는 것을 누구보다 잘 알고 있었다.

그런데 그 서열을 새롭게 정하자고 네 가문이 들고일어났다. 결국 마탑이 그들 깊숙이 침투해 가문의 중요한 결정을 내릴 정도의 위치를 차지하고 있음을 증명하는 일이다.

"네 가문이면 어려울 수도 있겠군."

"일단 길고 짧은 건 대봐야 아는 것 아니겠습니까?"

"물론 그렇지만 그 수를 생각한다면……."

"제가 바로 제국의 백만 용병의 수좌인 용병왕입니다."

"아!"

"그렇군!"

"……!"

잠시 잊은 듯했다. 지금 자신들의 눈앞에 있는 이가 어떤 이인지 말이다. 그들은 새로운 희망을 볼 수 있었다. 그리고 확신했다. 네 가문의 결정은 결국 절망을 맛볼 것이다.

*　　　　*　　　　*

"준비는?"

"완벽합니다."

"출발한다."

"명!"

대략 백 명 정도의 기사와 붉은색 복장을 한 오백 정도의 병사들. 하지만 어딘가 모르게 그들의 움직임은 정련되지 못하고 어색했으며, 특이하게도 눈 주변이 불그스름했다.

두꺼운 풀 플레이트 메일을 착용하고 전원 할버드를 들고 있었으며, 풀 플레이트 메일의 좌측 가슴에는 붉디붉은 불을 뿜는 레드 드래곤이 그려져 있었다. 그들은 풀 플레이트 메일을 착용하고 있음에도 불구하고 어떤 소음조차 없이 은밀하고 빠르게 움직였다.

그렇게 얼마나 움직였을까?

그들은 마침내 움직임을 멈췄고, 어둠 속에서 밝게 빛나고 있는 곳을 지켜보았다.

"저곳이로군."

"그렇습니다."

"어디지?"

"칼뤼베이우스 가문의 제8철좌입니다."

"8철좌는 사라지지 않았나?"

"새롭게 만들었습니다."

"그렇군. 계획대로 움직인다."

"명!"

그들은 조심스럽고 신속하게 움직이면서 포위망을 구축했다. 그 와중에 진형을 유지하고 있던 칼뤼베이우스 가문의 8철좌인 리키 레인은 기이한 감각에 막사를 벗어나 진중으로 나왔다. 그에 경계를 서고 있던 병사들과 기사들이 그를 발견하고 예를 올렸다.

"늦은 밤에 어인 일이십니까?"

마침 진중을 순찰하고 있던 8철좌 중 1기 기장인 존 웨인이 물었다.

"잠이 오지 않아서 나와 봤네."

"혹 무슨 걸리는 일이라도……."

오랫동안 8철좌를 수행해 온 1기 기장이다. 그러하기에 그의 표정만으로도 그가 어떤 생각을 하고 있는지 정확하게 짚어내고 있었다.

"으음, 기분이 영 꺼림칙해."

"꺼림칙하다 하심은……."

그에 8철좌는 말없이 어둠 저편을 직시했다. 칠흑 같은 어둠이다. 한 치 앞도 제대로 보이지 않을 정도이다. 그런데 그 어둠 속에 왠지 모를 꺼림칙함이 존재했다. 그것은 분명 불안감이었다.

왜 불안감이 드는지 모르겠다.

지금 이곳에는 8철좌를 이루는 일백의 기사와 일천의 가병이 있다. 이 정도의 병력이면 변방의 남작 가문 정도는 어렵지 않게 밀어버릴 수 있을 정도이다. 그런 데도 불구하고 가슴속의 불안감은 사라지지 않았다.

"경계를 강화하게."

"명."

물음에 대한 답은 없었다. 그럼에도 웨인 1기 기장은 말없이 명을 받아 빠르게 진중에 전달했다. 이곳에 있는 이들은 너무나도 잘 알고 있었다. 자신들은 싸우기 위해 이곳에 투입되었고, 가문을 나서는 그 순간 이미 싸움은 시작되었음을 말이다.

때문에 그들은 불평 하나 없이 갑작스럽게 하달된 명령을 충실히 이행했다.

"무슨 일이 있나?"

"무슨 일은, 한 번 더 점검해 보는 것이겠지."

"그런가?"

추가로 투입된 병사들은 대수롭지 않게 대화를 나눴다. 그러다 문득 병사 한 명이 어둠 속을 유심히 살피며 입을 열었다.

"방금 뭐가 움직인 것 같은데?"

"정말? 어디?"

두 병사는 같은 곳을 바라보며 조심스럽게 움직였다. 칼뤼베이우스 가문의 정예병답게 그들의 움직임은 신속했다. 하지만 그들은 아무것도 발견할 수 없었다.

"흐음, 잘못 봤나?"

"잘못 본 것이겠지. 우리가 이곳에 있는 것을 아는 가문은 없어."

"그렇겠지?"

"그래."

그렇게 단정적으로 답하고 묻는 두 병사는 어느 순간 그대로 멈췄다. 그리고 썩은 고목처럼 쓰러졌고, 바닥에 떨어지기 전에 무언가 다가와 두 병사의 몸을 받아 들었다. 그리고 베인 목에 입을 대고 피를 빨아 먹기 시작했다.

붉은색 복장을 한 이들이다.

병사의 피를 다 빨아 먹은 붉은색 복장을 한 이들이 얼굴을 들었을 때 그들의 얼굴은 피로 범벅되어 있었다. 결코 한두 명의 피를 마신 것이 아님이 분명했다. 그들은 서로를 바라보며 새하얀 이를 드러내고 웃었다.

하지만 그곳은 칼뤼베이우스 가문의 8철좌 본진과는 상당히 거리가 떨어져 있었기에 두 정예병이 죽었는지 살았는지에 대한 것은 알 수 없었다. 단지 몇 사람이 그 진한 피 냄새를 맡았다.

'이것은 피 냄새?'

리키 레인 8철좌는 곧바로 자신의 후각을 자극하는 냄새가 피 냄새임을 알고 외쳤다.

"기습이다!"

그가 외쳤을 때 곁에 있던 웨인 1기 기장 역시 피 냄새를 맡고 있어서 곧바로 명을 받아 외쳤다.

"전투 준비! 전투 준비!"

때대대댕!

비상종이 울렸다.

화톳불 주변만 밝힐 수 있던 불이 더욱 거세지면서 숙면에 빠져 있던 기사들과 가병들이 순식간에 병장기를 완벽하게 챙긴 후 막사를 나섰다.

그때.

"공겨억! 공격하라!"

어둠을 뚫고 사방에서 적들이 공격해 오기 시작했다.

"크아아악!"

"죽여라!"

"침착하라!"

"적의 수는 얼마 안 된다!"

칼뤼베이우스 가문의 기사들은 본능적으로 적의 수가 아군의 수보다 적음을 알아채고 가병을 독려했다. 물론 그 수가 얼마인지 알 수는 없었다. 단지 본능적으로 이 정도의 은밀함을 가진 기습에는 많은 병력을 동원하기 어렵다는 것을 짐작할 뿐.

"죽어라!"

거칠게 할버드를 휘두르며 가로막는 칼뤼베이우스 가문의
가병을 죽이는 기사.

"이노옴! 멈춰라!"

칼뤼베이우스 가문의 기사 한 명이 달려 나왔다. 같은 할버
드를 휘두르는 기사였다. 그리고 칼뤼베이우스 가문의 기사는
방금 전 가문의 기사를 죽인 기사의 왼쪽 가슴에 그려진 엠
블럼을 보고 외쳤다.

"네놈! 플람베르 가문의 화룡각이더냐?"

"화염각이면 어떻고 청염각이면 어떠랴. 중요한 것은 네놈
들은 분명 이곳에서 죽는다는 것이지."

"말 같지도 않은 소리! 얼마나 많은 병력을 대동했는지는
몰라도 이곳이 네놈들의 무덤이 될 것이다!"

두 기사는 서로를 향해 부딪쳐 갔다. 누가 우위라고 할 수
없을 정도로 치열함에 그들의 주변으론 병사들이 접근조차
하지 못했다. 치열하게 다투는 와중에 플람베르 가문의 화룡
각에 속한 기사의 눈 주변이 불그스름하게 물들며 할버드를
위에서 아래로 내려쳤다.

8철좌에 속한 기사는 할버드를 비스듬하게 들어 공격을 흘
리려 하였다.

까아아앙!

콰직!

예의 쇠와 쇠가 부딪치는 소리가 들렸다. 그때까지만 해도 방어가 성공한 것 같았다. 하지만 이내 방어하는 기사는 무언가 잘못되었다는 것을 느꼈다. 그 이유는 바로 흘려 막은 자신의 할버드 중간 부분이 균열이 발생하며 부서져 나갔기 때문이다.

"이런!"

기사는 당황했다.

분명히 힘을 흘렸다.

그런데 힘을 감당하지 못해 할버드가 부서져 버린 것이다. 그 순간 기사는 화룡각의 기사로 보이는 자의 눈을 보았다.

'뭐지?'

불그스름하게 물든 눈동자.

그 순간.

쩌억!

기사는 풀 플레이트 메일을 쪼개고 밀고 들어오는 할버드의 도끼날을 맞이할 수밖에 없었다. 비명도 지르지 못하고 죽음을 맞이하는 기사.

"으아아아아!"

그리고 포효를 내지르는 화룡각의 기사. 피를 보자 갑자기 화룡각의 기사는 미쳐 날뛰기 시작했다. 찔러오는 창을 피할 생각도 없는지 무지막지하게 공격 일변도로 나가기 시작했다.

그와 동시에 화룡각의 병사들 역시 불그스름한 눈동자를 빛내며 미친 듯이 창과 검을 휘두르기 시작했다.

"크아아악!"

막 한 명의 기사의 목을 잘라 버린 리키 레인 8철좌는 지금이 순간 뭔가 상황이 잘못되어 가고 있음을 알 수 있었다. 가문의 8철좌가 출진한 것은 그 누구도 모른다. 은밀한 타격 지점이 있기 때문이다.

그럼에도 불구하고 플람베르 가문의 화룡각 기사로 보이는 자들은 자신들을 너무나도 쉽게 찾아내 기습을 감행했다. 그리고 또 하나, 자신의 할버드를 맞고 죽음을 맞이한 기사의 재생력이다.

지금 자신에 의해 죽은 자는 목이 잘려 죽었다. 하지만 그전에 기사는 팔 한쪽과 복부에 커다란 관통을 입고 있었다. 팔은 몰라도 복부의 관통상은 즉사에 가까운 타격임에 분명하였지만 타격을 입는 순간 눈동자가 불그스름하게 물들며 미친 듯이 할버드를 휘둘렀다.

당황한 그는 잠시 그 기세에 밀려 하마터면 부상을 입을 뻔했다. 결국 죽은 것은 팔이 잘리고 복부에 관통상을 입은 기사였지만 어쨌든 이상한 일은 이상한 일이었다. 분명히 자신보다 수준이 떨어졌다.

그런데 자신을 밀어붙였다. 그에 리키 레인 8철좌는 할버드를 거두고 주변을 훑어보았다. 진중은 이미 수없이 많은 이들이 얽히고설켜 악다구니를 쓰며 서로를 죽이기 위해 안간힘을 쓰고 있었다.

"이들이 플람베르 가문의 화룡각 기사들이던가?"

분명 표식은 화룡각의 기사와 병사들이었다. 하지만 뭔가 이상했다. 화룡각의 기사나 병사들을 보건대 누구나 할 것 없이 눈에 불그스름한 빛을 띠고 있었다. 이것은 본가에서도 파악하지 못한 것이다.

'설마 이들 역시…….'

본가의 정보에 의하면 플람베르 가문은 정통적인 방법을 고수하고 있었다. 최근 들어 상당한 진보를 이루기는 했지만 자신들이 받아들인 힘에 비하면 플람베르 가문은 분명 자신들보다 약해야만 했다.

하지만 아니었다.

눈가가 불그스름한 건 분명 무언가 또 다른 수단을 받아들이고 있는 것이 분명했다.

"어떻게 합니까?"

"복용한다."

"명!"

뿌우웅!

곁에서 기사들과 병사들을 주살하던 웨인 1기장이 품속에서 작은 소라를 꺼내 불었고, 자신도 빠르게 무언가를 꺼내 삼켰다.

꿀꺽!

"크윽!"

그리고 짧은 신음을 내질렀으나 이내 안정을 되찾았다. 무언가를 집어삼킨 8철좌의 기사들과 병사들은 어느새 침착함을 되찾고 있었다. 그리고 밀리던 상황을 다시 반전시키기 시작했다. 그들은 이전에 비해 거의 두 배 이상 강력해진 모습을 보이고 있었다.

자신의 정수리를 향해 쇄도해 오는 할버드를 가볍게 피한 후 할버드를 집어 던졌다.

"커억!"

할버드의 창에 심장을 직격당한 기사는 피를 뿜으며 날아갔고, 기사를 날려 버린 병사는 다시 몸을 회전하며 양 허벅지에 꽂혀 있던 50센티 남짓의 단검 두 자루를 뽑아 들더니 휘둘렀다.

"크억!"

"크아악!"

단지 병사의 움직임일 뿐이었다.

하지만 두 번의 움직임으로 두 기사와 한 병사의 목숨을 앗아가 버렸다. 가병이기에 정예임은 분명했다. 하지만 타 가문의 기사를 압도할 정도의 무력은 절대 없었다. 그럼에도 불구하고 일개 병사가 기사 둘을 죽였다.

이것은 시사하는 바가 굉장히 크다.

밀리던 8철좌의 기사와 병사들은 압도적인 무력과 병력으로 화룡각을 몰아붙였다. 화룡각의 기사와 병사들 역시 안간힘을 쓰며 버텨보았지만 이미 기울어진 전세는 어쩔 수 없었다. 그렇다고 해도 그들은 도망가지 않았다.

악착같이 물고 늘어졌고, 단 한 명이라도 죽이려고 노력했다.

콰직!

"커억!"

마지막 남은 한 명의 기사가 죽음을 맞이했다.

"마지막인가?"

"그렇습니다."

"플람베르 가문의 화룡각 맞지?"

"그렇습니다."

"우리가 이곳에 있는 걸 어떻게 안 거지?"

"비밀이 새어 나갔을 수도 있습니다."

"아니, 그것은 불가능하다. 이번 작전은 가주님과 나, 그리고 원로원만 알고 있는 작전이다."

"그렇다면?"

"섣부른 판단은 금물이야."

"알겠습니다."

"그리고 이들, 분명 무언가 달랐지?"

"그렇습니다. 이들의 눈 주변으로 불그스름한 안개와 같은 것이 보였습니다."

"그래. 뭘까?"

"혹시 그……."

"나도 그것을 의심하고 있네."

"역시 그런 것이로군요. 그들 역시 내심 이번 전쟁을 원하고 있던 것이라 판단됩니다."

"나도 그렇게 생각하네. 지급으로 본가에 알리게."

"알겠습니다."

웨인 1기장이 물러나자 디아즈 2기장이 피를 흠뻑 뒤집어 쓴 채 모습을 보였다.

"어떻게 되었나?"

"기사 5명과 가병 57명이 사망했습니다."

"부상자는?"

"기사 7명과 가병 102명입니다."

"상태는?"

"모두 충분히 임무를 수행할 수 있습니다."

"좋아, 장내를 빠르게 정리하고 제2지점으로 이동한다."

"명."

디아즈 2기장이 자리를 벗어나자 레인 8철좌는 말없이 진중을 바라봤다. 그러면서 슬며시 얼굴을 일그러뜨렸다.

"분명 너희 놈들이 선공했다. 이에 대해 변명할 길은 없을 것이다."

그때 10기장이 다가와 입을 열었다.

"증거가 없습니다."

"증거가 없다?"

"그렇습니다."

"풀 플레이트 메일에 표식이 있지 않았는가?"

"싸움 중에는 분명 있었습니다."

"그런데 지금은?"

"사라졌습니다."

"사라져?"

"그렇습니다."

"……."

마크 10기장의 보고에 잠시 생각에 잠기는 레인 8철좌. 그러다 문득 흰 이를 드러내며 냉혈의 미소를 지었다.

"상관없지 않나?"

"예?"

"지금 중요한 것은 플람베르 가문에서 아군을 선공했다는 것이지. 훈련 중인 아군을 말이야."

"…물론입니다."

그에 마크 10기장 역시 레인 8철좌와 비슷한 미소를 떠올리며 말했다.

"보고하도록."

"명!"

그리고 자리를 벗어나는 마크 10기장. 그런 마크 10기장을 바라보다 어두운 야공을 향해 시선을 두며 나직하게 입을 여는 레인 8철좌이다.

"이제 시작인 게지."

CHAPTER 7
라무스의 죽음

수목이 우거진 깊고 깊은 산속.

한 명의 탈속한 자가 넓은 바위 위에 앉아 태양 빛을 받고
있다. 그러다 문득 그의 얼굴이 굳어지면서 얼굴색이 어두워
졌다.

"하아~"

그는 나직하게 깊은 한숨을 내쉬었다. 무엇을 느낀 것인가?
그는 멍하니 하늘을 바라보고 있을 뿐이다.

푸스스슷!

그의 심정을 아는지 바람이 지나가면서 나뭇잎을 훑어 내렸다. 나뭇가지가 흔들리면서 나뭇잎이 서로 마찰되었고, 숲속은 일제히 사내를 위로하듯 소리를 내었다. 하지만 한동안 사내는 넓은 바위에서 움직이지 않고 푸른 하늘을 바라보고 있을 뿐이었다.

지금 그에게 있어선 어떤 것도 위안이 되지 않는다는 듯이 말이다. 그러다 마침내 사내가 고개를 돌려 형형한 눈빛으로 무언가를 결심한 표정을 지어 보였다.

사사삿!

그에 무언가 그에게로 다가와 그의 전신을 감쌌다. 그리고 순식간에 그의 모습이 사라져 버렸다. 남은 것이라곤 넓은 바위 위의 죽은 나뭇잎뿐이다.

휘우우웅!

그러기를 한참, 하늘 높은 곳에서 까만 점이 나타나 사내가 사라진 자리로 떨어져 내렸다. 깊숙하게 눌러쓴 후드와 칠흑을 연상시킬 정도의 칙칙한 검은 로브를 입은 자. 해골 문양의 지팡이를 잡고 있는 손은 핏줄이 도드라질 정도로 앙상했으며, 날카롭게 벼려진 손톱을 가지고 있었다.

"늦었는가?"

주변을 한번 둘러본 후 나직하게 입을 여는 칠흑의 사내. 그러더니 신형을 돌려 바위를 향해 걸어갔다. 바위 위에서 떨어지는 것이 아닌 허공을 걷는 데도 불구하고 평평한 땅을 걷는 것과 같은 모습이다.

그런데 이상한 것은 바람이 불자 축 늘어진 칠흑의 로브가 흔들렸고, 검은 연기를 내며 발부터 시작해 사라져 가기 시작했다. 그리고 그가 완전히 사라진 후 다시 칙칙한 바람이 불어와 그의 자취를 완전히 지워 버렸다.

그렇게 사라진 칠흑의 사내가 모습을 드러낸 곳은 깊고 깊은 어느 숲속이었다. 나무로 대충 만들어진 집이다. 그리고 예의 그 집 앞에는 한 명의 사내가 정갈한 차림으로 로브의 사내를 기다리고 있었다.

"기다리고 있었나?"

"그렇다고 해야 하겠군."

"죽을 준비를 하고 있었군."

"누가 죽을지는 해봐야 하지 않겠나?"

"으흐하하하!"

사내의 말에 로브인은 음울한 웃음을 떠올렸다.

"솔직하지 못하군."

"당신에게 솔직할 필요는 없을 것 같군."

"그런가? 어쨌든 준비하고 있는 사람의 성의를 봐서 그냥은 못 가겠군."

"마치 이미 나를 죽인 것처럼 말하는군."

"자존심 상하나?"

"글쎄?"

"흐으, 하하하하!"

사내의 말에 칠흑의 로브인은 앙천광소를 터뜨렸다. 그러다 웃음을 그치며 예의 음습한 목소리로 다시 입을 열었다.

"곱게 죽지 않겠다는 말인가?"

"당신이라면 그러겠는가?"

"당연히 아니지."

"그렇다면 나에게 곱게 죽어달라고 하는 것이 문제 아닌가?"

"내가 하면 모든 것이 정의니까."

"웃기는 놈이로구나."

"뭐가 웃긴다는 것이지?"

"어디 세상 모든 일이 네놈 위주로 돌아간다더냐?"

그에 고개를 갸웃하는 칠흑의 로브인.

"과거에도 그랬고 지금도 그러하며 앞으로도 세상의 중심은 나일 것이고, 내 위주로 세상의 모든 일은 돌아갈 것이다."

"미친놈."

"다들 그렇게 말하더군. 하지만 그것을 인정했지."

"말도 안 되는 소리 하지 마라. 네놈이 죽여서 입을 닫은 것이 아니던가? 아니면 네놈의 꼭두각시로 만들었거나 말이다."

"그게 어쨌다는 것이냐? 필요 없는 목숨을 굳이 살려둘 필요가 없지 않은가? 그리고 무뇌아인 놈들을 편히 살게 해주는 것이 뭐가 안 좋은 것인가?"

"아집으로 똘똘 뭉친 놈이로구나."

"아집이 아닌 소신이다."

"그렇다면 더 이상 할 말이 없군."

그렇게 말을 한 후 검을 거머쥐면서 자리에서 일어나는 사
내. 자리를 털고 일어난 사내의 검은 특이했다. 쇠로 만들어
진 것이 아닌 그저 어디 숲속에서 굴러다니는 썩은 나뭇가지
같은 느낌이다.

"썩은 나뭇가지로 도대체 무엇을 할 수 있을까?"

"이것이 썩은 나뭇가지인지 아닌지 어떻게 알지?"

"내 눈은 본질을 보니까."

"눈을 파버려야겠군."

그러면서 기이하게 생긴 나뭇가지를 들어 올려 수평으로
칠흑의 로브인을 가리키는 사내. 순간 사내의 손에 들려 있던
썩은 나뭇가지에서 녹색의 나뭇잎이 돋아나기 시작했다. 그에
칠흑의 로브인의 후드가 살짝 흔들렸다.

생명의 기운을 찾아볼 수 없던 사내의 썩은 나뭇가지였다.
그런데 사내가 나뭇가지를 들어 올림으로써 생명의 싹이 돋
아나며 죽음이 생명의 기운으로 바뀌었다.

'역시 생령의 라무스라는 것인가?'

생령의 라무스.

세상에 알려지지는 않았지만 이미 아는 자는 모두 알고 있는 이름이다. 그는 공명심이나 명예를 원하지 않았기에 세상에 발을 들이지 않았다. 하지만 그가 가진 힘은 실로 대단했는데 마법과 검을 한 몸에 지닌 자였다.

마법으로는 5서클의 실력에 검으로는 이미 그레이트 마스터에 오른 자로서 원래는 불의 마탑에서 마법을 익혀 마도의 길을 걷던 이다. 하나 어떤 특이한 일을 겪은 이후 돌연 검을 들고 그레이트 마스터에 올랐다.

그러함에도 불구하고 그는 세상에 나서지 않았다. 아니, 오히려 세상을 등지고 깊고 깊은 곳으로 몸을 숨겼다. 세상 사람들은 그런 그를 가리켜 은둔의 현자라 칭하기도 했고, 자연을 벗 삼아 가끔 세상에 나와 치료해 주는 기행을 함에 생령의 라무스라 칭하기도 했다.

세상 사람 중에 그런 라무스의 거처를 아는 이는 아무도 없었다. 한데 이 칠흑의 로브인은 누구이기에 그런 생령의 라무스의 거처를 찾아온 것인가?

"그전에……."

"내가 누구인지 알고 싶은 것인가?"

"그렇다."

"그래, 그것도 문제될 것은 없지."

그러면서 깊숙이 눌러쓰고 있던 후드를 벗는 칠흑의 로브인, 그리고 그런 그를 바라보며 놀란 눈을 해 보이는 라무스.

"당신은……."

"오랜만이로구나, 라무스."

"어찌……."

"호호호."

라무스는 도저히 믿을 수 없다는 듯한 표정을 지어 보였고,
후드를 벗은 자는 라무스의 그런 반응이 싫지 않은 듯 나직
하게 웃어 보였다.

"아무리 마탑을 벗어났다고는 하지만 어찌 옛 스승을 보고
감히 뻣뻣하게 서 있는 것이더냐?"

"당신은… 내가 알던 스승이 아니오."

어느새 하대를 하며 로브인을 폄하하던 라무스의 모습은
온데간데없었다. 하지만 그것은 라무스의 말투일 뿐 그의 행
동은 여전히 달라지지 않았다.

"겉모습이 어떻게 변하든 너의 스승이 아니더냐."

"물론 그렇소. 하나 당신은 겉모습뿐만 아니라 그 속까지
변했소. 때문에 당신은 나의 스승이 아니오. 지금 내가 당신
에게 경어를 쓰는 이유는 속은 달라졌으나 겉으로나마 과거
나를 가르친 스승의 모습이기 때문이오."

"버르장머리 없는 놈 같으니. 스승의 그림자도 밟지 않는 법
이거늘."

"그것은 당신이 진정으로 내 스승이었을 때 가능한 일이오."

"마음을 돌릴 생각은 없느냐?"

"난 자신만의 욕망에 빠져 인간을 인간으로 보지 않고 타인의 고통을 한순간의 놀잇감으로 생각하는 자를 스승으로 둘 생각이 없소."

"그러한가? 아쉽구나."

그는 들고 있던 해골 지팡이를 들어 올려 수평으로 기울인 후 라무스를 가리켰다.

"이곳에서 당신을 죽일 것이오, 불의 마탑의 현자이자 마구누스인 안드레이 치카틸로 루케디스여."

"흐하하하, 오랜만에 들어보는 이름이로구나. 하나 이제는 그 이름을 가지고 있을 필요도 들을 필요도 없을 것이다. 세상은 나를 황제로 칭할 것이니."

"알고 있겠으나 세상은 당신의 힘을 저지하고자 하는 또 다른 힘을 가지고 있소."

"흐음, 하나 너의 힘까지 흡수한 나를 대적하긴 힘들 것이다."

"진정 그렇게 생각하는 것이오?"

"그렇다."

"당신은 좌절할 것이오."

"좌절? 하, 좌절이라……. 참으로 오랜만에 들어보는 단어로구나. 너의 말이 사실이 될지 아닐지 확인해 주고 싶으나 너를 살려두기에는 너무 많은 힘을 지니고 있구나."

"어디 당신만 하겠소, 어둠에 물든 안드레이 치카틸로 루케
디스여."

그에 불의 마탑의 마탑주인 안드레이 치카틸로 루케디스의
얼굴이 미미하게 변했다. 그는 이제야 비로소 느낀 것이다. 라
무스가 자신을 비웃고 있음을 말이다. 그에 불의 마탑의 마탑
주는 얇은 입술을 말아 올렸다.

그러다 혀를 내밀었는데 그의 혀는 검은색으로 물들어 있
고 검은 혀로 입술을 핥자 붉은색을 띠던 입술 역시 검은색
으로 물들었다. 동시에 그의 눈동자 역시 검은색 눈동자가 퍼
지면서 전체로 번져 온통 검은색으로 가득 찼다.

"허어……."

변해가는 그 모습에 라무스는 헛바람을 들이켰다.

어둠에 물든 것은 알았다.

자신은 자연의 힘을 가진 자로서 어둠과는 상극이다. 어둠
에 물든 불의 마탑주가 두 번째로 자신을 찾아온 이유가 바
로 이것이었다. 자신을 압도할 만한 힘을 가졌을 때 자신을
찾아온 것이니까.

라무스 스스로는 이미 자신의 죽음을 예견했다. 어떤 수단
과 방법을 동원한다 해도 자신은 절대 오늘 죽음에서 벗어날
수 없었다. 그래서 약간의 준비를 했다. 어쩌면 이 상황을 벗

어날 수 있지 않을까 해서이다.

하지만 그 준비는 결국 자신의 사후에 누군가에게로 전해지게 될 것이다. 보지 않았으면 모르되 어둠에 물든 불의 마탑주를 보는 순간 그는 자신이 판단하는 수준을 넘어섰음을 깨달았다.

'부디 내 남겨놓은 힘이 누군가에게 전해지기를 바란다.'

그가 생각을 마친 그 순간 불의 마탑주의 음성이 들려왔다.

"죽여주마."

"할 수 있다면."

쿠르르르릉!

라무스의 말이 떨어지기가 무섭게 청명하던 하늘이 어둠으로 물들어갔고, 스산한 바람마저 불어왔다. 대자연은 몸살을 앓았고, 숲 전체가 떠는 것 같은 착각을 일으킬 정도의 강력한 기운이 덮쳐오기 시작했다.

"이곳은 오로지 너와 나의 공간. 그 누구도 침범하지 못할 것이다."

"죽기에 딱 좋은 날씨로군. 스트렝쓰, 헤이스트, 마나 번."

한꺼번에 세 가지의 마법을 스스로의 몸에 사용하는 라무스. 그에 불의 마탑주는 어떤 표정도 짓지 않았다. 마치 네놈의 재롱을 보아줄 터이니 할 수 있다면 해보라는 듯한 태도이다.

하지만 라무스는 일말의 미동조차 보이지 않았는데 자신이 할 수 있는 모든 것을 할 생각이다. 그의 검에서 녹색의 일렁이는 마나가 타오르기 시작했다. 그리고 타오르는 녹색의 불꽃마다 구슬을 만들었고, 그 구슬은 라무스를 중심으로 회전하기 시작했다.

"호오, 역시 그레이트 마스터라는 것인가?"

"막아보시오."

녹색의 구슬이 불의 마탑주를 향해 쏘아졌다.

피비비비빗!

손톱보다 조금 더 큰 녹색의 구슬 몇 개가 불의 마탑주를 향해 쇄도했고, 그 모습을 본 불의 마탑주는 무심하게 자신을 향하는 녹색 구슬을 바라봤다.

'확실히 가장 먼저 찾아왔다면 상당히 힘들었을 존재이다.'

그랬다.

지금까지 자신이 상대한 어떤 존재보다 강력했다. 그 이유는 바로 5서클, 혹은 6서클을 넘어섰을지도 모를 마법과 그레이트 마스터에 오른 그의 검술 실력에 기인한 것이다.

한 사람이 펼치는 것이지만 마법과 검을 한꺼번에 상대해야 했다. 어쩌면 마법사와 기사를 한꺼번에 상대하는 것과 다르지 않으니 어느 상대보다 강력함을 어찌 필설로서 형용할 수 있겠는가?

"그러나……."

불의 마탑주는 나직하게 뇌까렸다.

"나를 넘어설 수는 없지."

그러면서 손을 들어 올렸다.

그에 그의 손끝에서 수없이 많은 가닥의 검은 실이 만들어졌고, 그 실은 이내 검은색 구슬을 만들어냈다. 그리고 자신을 향해 쏘아져 오는 녹색 구슬을 향해 날아가 부딪쳤다.

콰아앙!

콰콰쾅!

콰앙!

터져 나가며 거센 폭음을 만들어냈다.

그 폭음은 가히 인세의 것이 아니어서 듣는 이가 귀를 막고 몸서리칠 정도였다. 하나 둘은 상대방을 노려볼 뿐 미동조차 하지 않았다.

'역시 무리인가?'

그 와중에 라무스의 얼굴이 미미하게 변하며 꿈틀거렸다. 안 될 줄 알았지만 힘의 격차가 너무 컸다. 하지만 그렇다고 해도 쉽게 물러날 생각은 없었다. 그는 다시 녹색 구슬을 쏘아 보냈다.

기이한 궤적을 만들어내며 불의 마탑주를 향해 쇄도하는 녹색 구슬. 하지만 그의 녹색 구슬은 역시 불의 마탑주가 쏘아 보낸 검은색 구슬과 부딪치며 굉음을 남기고 흔적도 없이 사라져 버렸다.

녹색 구슬은 끊임없이 생성되어 쏘아져 나갔다. 검은색 구슬 역시 끊임없이 생성되었고, 폭발하며 터져 나갔다. 그렇게 시간이 흐르면 흐를수록 라무스의 안색은 창백해져 갔다.

인간의 한계를 벗어났다고는 하나 역시 인간의 범주에서 벗어나지 못한 라무스. 끝도 없을 정도의 바다와 같은 언더 코어와 미들 코어에 마나가 제대로 공급되지 않았다. 아니, 애초에 자신의 체내에 있는 모든 마나를 태우는 마나 번까지 사용했기에 자신이 압도해야 했다.

하나 압도할 수 없었다.

불의 마탑주는 자신의 실력을 보란 듯이 자신과 동수로 마법을 풀어냈으며, 그러함에도 라무스는 마법이나 검술에 있어서 불의 마탑주를 압도할 수 없었다.

'한 개의 힘과 두 개의 힘의 격차가 이렇게 클 줄은 몰랐구나.'

라무스의 솔직한 심정이다.

하나에서 파생된 일곱 개의 힘.

그 힘은 본능적으로 서로를 알아보고 잡아당겼다. 다시 하나로 합쳐지기 위해서, 혹은 더 큰 힘이 되기 위해서.

'하나와 둘. 결국 내가 가진 두 개의 힘이 저자가 가진 두 개의 힘을 이겨낼 수 없는 것이로구나.'

그렇게 생각하는 동안 검은 하늘에서 눈이 떨어지기 시작했다.

하늘거리며 떨어져 내리는 눈송이.

하지만 그 눈송이는 하얀색이 아닌 검푸른 색이었다.

그저 보기에도 오금 저릴 정도의 검푸른 눈이 떨어져 내렸고, 그 눈이 대지에, 바위에, 나무에, 혹은 어떤 사물에 닿는 순간 소리 없이 녹아내리기 시작했다. 검푸른 눈과 함께 흔적도 없이 사라지기 시작했다.

투두두둥!

쩌적!

"크흐읍!"

검푸른 눈은 여지없이 라무스가 펼친 녹색의 둥근 실드에도 떨어져 내렸고, 사뿐하게 하늘거리며 떨어져 내리는 것과 다르게 강력한 어둠의 힘의 정화가 담겨 있어 실드를 두드렸다. 그때마다 녹색 실드는 흔들거렸고, 마침내 균열이 발생했다.

그때마다 마나를 불어넣어 실드의 균열을 막아내고 있었지만 그것 역시 한계에 도달할 수밖에 없었다. 그에 라무스는 나직하게 신음을 흘렸다. 검푸른 눈의 힘은 결코 실드에 균열을 만드는 데만 사용되지 않았다.

그 균열을 뚫고 라무스의 내부에 스며들어 그의 내부를 진탕시켰다. 마나의 흐름을 방해함과 동시에 라무스의 전신을 갉아먹기 시작했다. 처음은 괜찮았으나 시간이 지날수록 균열은 많이 발생했고, 균열이 많이 발생할수록 그의 내부에서 일어나는 충격은 상상도 할 수 없을 정도로 커지기 시작했다.

그리고 마침내 그의 굳게 다문 입술 사이에서 선명한 검붉은색의 핏물이 흘러내리기 시작했다.

"포기하거라."

"포기란 없소."

"죽을 것이다."

"죽더라도 포기할 수 없소."

"무엇을 위해서더냐?"

"나 자신을 위해서요."

"너 자신을 위해서?"

무언가 거창한 이유가 있을 줄 알았건만 그저 자기 자신만을 위해서라는 말에 의문이 들어 되묻는 불의 마탑주.

"마지막까지 나 자신의 명예를 위해서요."

그에 피식 웃어버리는 불의 마탑주이다.

"이곳에는 그 누구도 없다. 너와 나만 있을 뿐."

"하늘이 있고 땅이 있으며, 나무가 있고 바위가 있고, 동물과 몬스터가 있소."

"어리석은 놈."

불의 마탑주의 말에 핏물이 가득한 이를 드러내며 웃는 라무스.

"몰랐소? 나는 그런 놈이오."

"그래, 그래서 너를 더욱 아꼈지."

"과거의 일이오."

"아깝구나."

"전혀 그런 얼굴이 아니오만."

"공은 공이고 사는 사이니……."

"냉정하구려."

"좋은 말이로구나."

그에 그의 팔이 길어지기 시작했다. 아니, 그렇게 보였다. 어둠으로 만들어진 손이 그를 향해 쇄도했다. 날아드는 녹색 구슬을 하나둘 쳐내면서 점점 그에게로 다가왔고, 마침내 녹색 실드에 도달해 주먹으로 두드리자 검푸른 번개가 내리치기 시작했다.

콰직!

쩌적! 쩌저저적!

콰르르릉! 쿠궁!

버번쩌억!

그럴 때마다 라무스는 괴로워했다. 그의 입과 얼굴은 점점 더 일그러졌으며, 그 일그러짐은 점차 그의 전신으로 퍼져 나갔다.

왈칵!

그러다 마침내 검붉은 핏물을 한 움큼이나 쏟아낸 후 허물어져 무릎을 꿇었다. 그러함에도 불구하고 그의 눈은 살아 있었다. 절대 굴복하지 못하겠다는 표정이다. 그의 표정을 본 불의 마탑주의 얼굴이 일그러졌다.

불굴의 의지.

절대 포기하지 않는 마음.

그것은 아마도 자신의 반대편에 선 자들의 고유한 성정일 것이다. 그래서 싫었다. 그런 정의로운 자들의 마음을 짓밟고 형편없이 뭉개 버리고 싶었다. 그의 검은 손에 더욱 강력한 힘이 깃들었다.

콰아앙!

거센 폭음이 들려왔다.

그리고.

"커억!"

끝까지 버티던 라무스의 입에서 거센 비명이 터져 나오며 이내 완전히 드러누워 버렸다. 도저히 견딜 수 없었기 때문이다. 그는 드러누운 채 하늘을 바라봤다. 청명한 하늘이 아닌 검은 하늘.

인간의 힘으로 어찌 대자연이 준 하늘의 색마저 바꿀 수 있다는 말인가?

'여기까지… 인가?'

자신도 모르게 그의 눈가가 촉촉한 물기로 젖어들었다. 그리고 그런 그의 얼굴로 길게 드리워진 어둠의 그림자. 누운 채 라무스는 자신을 덮은 그림자를 바라봤다. 위에서 어떤 감정도 읽을 수 없는 검은 눈동자로 자신을 내려다보는 불의 마탑의 마탑주.

"속 시원하시오?"

"그런 것은 모른다."

"그러면 빨리 끝내시오."

"그럴 참이다."

그와 함께 그의 등 뒤로부터 수백의 촉수와 같은 손이 솟아나 라무스의 전신을 뒤덮었다.

"끄으, 아아아아악!"

라무스는 몸부림쳤다.

그는 지금 산 채로 어둠에 먹히고 있었다.

잔인한 어둠의 이빨이 그의 전신을 뒤덮고, 그의 정의롭고 깨끗한 마나를 더럽히고 다시 어둠을 만들어내고 있었다. 라무스는 저항했다. 자신의 몸은 더럽힐 수 있을 것이다. 자신의 육체는 가질 수 있을 것이다.

하지만 자신의 정신은 어찌할 수 없을 것이다.

자신의 정신은 오로지 자신만의 것이다.

그 누구도 자신의 정신을 없애고 꼭두각시로 만들어낼 수 없었다. 그래서 고통스러웠다. 이루 형언할 수 없을 정도로 고통스러워서 정신을 잃을 것 같았다. 그는 비명을 지르며 고통을 참아냈고, 뼈와 살을 뜯어내며 자신의 정신을 지키려 했다.

"독하구나."

하지만 라무스는 뭐라 답을 할 수 없었다.

들리지도, 보이지도, 느껴지지도 않는다.

공허의 공간에 갇혔고, 어떤 행동도 취할 수 없었다. 하지만 하나의 의지는 존재했다.

'나는 오로지 나일 뿐이다.'

누구도 아니다.

그의 전신은 어둠에 물들었으나 그의 정신은 여전히 청명하기 그지없었다. 그는 지독한 공허의 어둠 속에서 눈을 떴다. 그의 앞에 불의 마탑의 마탑주가 검은 눈동자로 자신을 직시하고 있었다.

"죽지 않았더냐?"

"나를 어찌할 수 없을 것이오."

입을 열어 답을 한 것이 아니었다.

"영혼을 담는 그릇이 깨어졌음에 버틸 수 없을 것이다."

"그 누구도 내 허락 없이 내 몸과 정신을 어찌할 수 없을 것이오."

"그만 어둠으로 돌아가거라."

"거부하오."

"거부한다고 해서 거부되는 것이 아니다."

"하나 나는 거부하겠소."

"어리석은……."

하지만 불의 마탑주는 더 이상 말을 잇지 못했다.

그 순간 라무스의 정수리가 하얗게 물들기 시작하더니 백색의 불꽃을 피우며 타오르기 시작했다.

"감히!"

불의 마탑주는 분노했다.

절대적인 어둠이다.

그런데 그런 절대적인 어둠에 대항하다니 있을 수 없는 일이었다. 하지만 그 어둠을 이겨내고 있으니 분노가 치밀어 오르지 않을 수 없었다. 그에 그의 수없이 많은 어둠의 손에 더욱더 강력해진 어둠의 힘이 가해졌다.

발끝에서부터 타오르는 어둠의 불꽃.

정수리에서부터 시작돼 느릿하게 타고 내려오는 백색의 불꽃.

그리고.

치이이익!

목 부위에서 백색 불꽃과 어둠의 불꽃이 부딪치며 거센 충돌로 이어졌다. 그 순간 불의 마탑의 마탑주의 검은 시선이 하얇게 변해 버린 라무스의 시선과 부딪쳤다. 그때 라무스의 입술 꼬리가 말려 올라갔다.

'비웃음⋯⋯.'

순간 불의 마탑의 마탑주는 그것이 비웃음이라는 것을 알게 되었다. 죽어가는 자가, 영혼조차 남기지 못하고 한 가닥 정신력으로만 버티고 있는 자가 살아 있는 절대의 경지에 오른 자신을 비웃고 있는 것이다.

"네놈⋯⋯."

"당신은 결코 나를 어찌할 수 없을 것이오."

그 순간.

화르르르르륵!

불타올랐다.

목에서 서로 대치하고 있던 백색의 불꽃과 어둠의 불꽃. 팽팽하게 맞섰지만 한순간 백색 불꽃이 일시에 타오르며 어둠의 불꽃을 밀어내고 그의 전신을 하얗게 태워 버렸다.

"안⋯ 돼!"

다급하게 외쳤다.

하지만 외친다고 해서 그의 의도로 대로 흘러가지는 않았다.

부들부들.

불의 마탑 탑주의 전신이 눈에 띄게 떨리고 있었다.

단 한 번도 감정을 내비치지 않던 불의 마탑의 마탑주가 기어코는 감정을 드러내고 있었다.

"감히… 으아아아악!"

그는 분노가 극에 달해 거대한 포효를 내질렀다. 그에 검은 하늘에서 검푸른 번개가 내리쳤고, 음습하고 거센 바람이 불어 나무를 뿌리째 뽑아버렸다. 번개에 맞은 바위가 녹아내리며 검푸른 귀화를 피워 올렸다.

그가 분노의 포효성을 내지르는 그 앞에는 두 손으로 모을 정도의 수북한 가루만 남아 있을 뿐이다.

그래서 분노했다.

지금까지 자신의 계획대로 흘러가지 않은 경우는 단 한 번도 없었다.

그런데 지금 이 순간.

자신의 계획에서 벗어나는 존재가 모습을 드러냈다. 그것도 새하얀 재가 되어서 말이다. 죽어서라도 자신을 따르지 않겠다는 그 의지가 자신을 분노케 했다.

그러다 문득 불의 마탑 탑주는 키득거리면서 웃었다.

"켈켈, 어리석은 놈."

어느새 그의 전신에 세 가지의 빛이 떠돌기 시작했다.

검은색, 노란색, 그리고 녹색.

하지만 이내 검은색이 노란색을 잡아먹고 노란색이 흔적도 없이 사라졌다. 검은색의 빛이 조금 더 강력해지고 윤기가 났다. 그리고 또다시 검은색은 녹색을 집어삼키기 시작했다.

녹색은 노란색보다 더 빠르게 검은색으로 물들어갔다.

"완벽하군."

불의 마탑의 탑주는 흰 이를 드러내며 웃었다. 아니, 피골이 상접하던 마탑주의 얼굴에서 피부가 벗겨지기 시작했다. 혈관이 드러나기 시작했으나 혈관마저 메말라 사라졌고, 근육이 드러났으나 근육 역시 형체도 없이 흡수되었다.

그리고 최종적으로 남은 것은 시커먼 동공과 회색으로 번들거리는 해골뿐이다. 그러는 동안 그의 주변을 휘돌고 있던 검은색의 연기가 더욱더 짙어졌고, 마침내 악마의 형상을 했다.

염소의 얼굴에 사자의 몸체.

등 뒤에 돋아난 검은 날개와 와이번의 꼬리.

날카로운 발톱과 뒤로 꺾인 관절.

인세에는 절대 없을 존재임이 분명했다.

하지만 그런 악마의 형상은 순식간에 사라졌고, 칠흑의 로브를 뒤집어쓴 해골만이 허공에 둥실 떠 있을 뿐이다. 그는 허공에 뜬 채 손을 들어 보였다. 그 손 또한 뼈만이 존재했다. 그러나 그는 그런 것은 아무래도 좋다는 듯 뼈만 남은 손을 쥐었다가 펴기를 반복했다.

"크흐흐흐, 데미 갓인가?"

그는 그 스스로 자신의 경지가 어느 정도인지 알 수 있었다. 이미 어둠과 동일화된 노란색 구슬이 전해주는 지식을 받아들였으니 스스로를 판단함에 그리 어려움이 없었다.

"이렇게 되면 비슷한 수준이 되겠지. 이제 남은 것은 세력뿐인가? 흐흐으, 흐하하하하!"

그는 앙천광소를 터뜨린 후 사라졌다.

그야말로 순식간이었다.

그가 사라짐과 동시에 청명한 하늘을 뒤덮고 있던 어둠이 사라지고 다시 원래의 숲으로 돌아옴에 대자연은 원래 있던 그 자리를 고수했다.

휘오오옹!

바람이 불어왔다.

어디에서 오는 바람인지는 모르나 그 바람이 가루가 된 라무스의 재를 허공을 날렸다. 허공으로 날린 재가 제멋대로 흘러갈 때쯤 갑자가 그 재가 한 장소로 모여들었다.

그리고 한 명의 존재가 공간을 찢고 모습을 드러냈다.

"썩을, 늦었네. 왜 항상 좋은 사람은 나쁜 사람 뒤꽁무니만 쫓아다니는 건데?"

공간 속에서 모습을 드러낸 자는 다름 아닌 바로 아론이었다.

플람베르 가문에 있어야 할 그가 어찌 이곳에 모습을 드러낸 것인가? 그 이유는 간단하다. 바로 이끌림에 의해서 공간을 격하고 이곳에 모습을 드러낸 것이다. 그는 잔뜩 인상을 찌푸린 채 장내를 살펴보다 아직 온전하게 남아 있는 통나무집을 바라봤다.

그곳에서 무언가가 자신을 부르는 것만 같았다. 그러다 문득 허공에 하나로 뭉쳐 있는 라무스의 재를 보고는 무겁게 고개를 끄덕였다.

"그저 가지는 않은 모양이구려."

그의 말에 동의하는지 뭉쳐 있던 라무스의 재가 바람에 흩날려 다시 공간 속으로 사라져 버렸다. 아론은 잠시 그 모습을 본 후 라무스가 생활하던 집으로 걸음을 옮겼다.

끼이익!

나무로 만든 문이 비명을 지르며 열렸다.

통나무집 내부는 밝았다.

이미 손님이 안으로 들어올 줄 안 듯 말이다.

"이 정도면 현자라고 할 수 있는데……."

아론은 통나무집 내부를 둘러본 후 거실과 침실의 구분이 없는 곳에 놓인 탁자에 아직도 모락모락 김을 피워 올리고 있는 차를 보며 나직하게 한숨을 내쉬었다. 자신이 조금만 빨랐다면 구할 수도 있었을 텐데.

"새끼들이 행동은 더럽게 빨라서. 어쨌든 마시라고 만들어 놓은 차를 그냥 놓고 가기에는 그러니 성의를 봐서라도……."

그러면서 의자에 앉지도 않고 선 채 김이 모락모락 오르는 차를 단숨에 마셔 버렸다. 그러다 인상을 있는 대로 찡그렸다.

"쓰벌, 뜨거우면 뜨겁다고 말을……."

그러다 말을 멈추는 아론.

말을 해줄 사람이 없었다.

"쯧, 기분 더럽네."

아무리 뜨겁다고 해도 어찌할 수 없었다. 구할 수 있었음에도 구하지 못한 자책감에 괜한 심통을 부리는 아론이다. 하지만 이내 안색을 바꾸고 집 내부를 샅샅이 둘러보았다.

마침내 은밀하게 감춰진 틈을 발견했다.

사실 별로 은밀하지도 않았다.

라무스는 자신을 죽이러 온 사람이 결코 이 통나무집 안으로 들어오지 않을 것이라는 것을 알고 있는 듯했다. 그래서 그냥 침대 위에 떡하니 상자를 하나 올려놓은 것이다.

딸깍!

상자를 열자 그 안에는 심장 모양의 녹색 구슬 하나와 양피지가 놓여 있었다. 아론은 심장 모양의 녹색 구슬보다 양피지를 먼저 집어 들었다. 그 양피지에는 무언가 쓰여 있었다.

"흐음, 이미 어느 정도 짐작하고 있던 모양이군. 하긴 유리 피네스 역시 나를 그리 대했으니."

알겠다는 듯이 고개를 끄덕인 아론은 손에 불을 일으켜 양피지를 태워 버린 후 물끄러미 심장 모양의 녹색 구슬을 바라보았다. 녹색 구슬은 마치 살아 있는 것처럼 느릿하게 약동하고 있었다.

"그래서 죽은 것이로군. 자신의 심장을 이곳에 남겨둬서 말이야."

심장 모양의 녹색 구슬.

그것은 라무스의 심장이었다.

자신의 죽음을 예견하고 특별한 마법을 사용해 심장을 따로 이곳에 숨겨둔 것이다. 말이 숨겨둔 것이지 이것은 숨겨둔 것도 아니다. 어쨌든 불의 마탑의 마탑주는 진정한 라무스의 힘을 흡수하지 못했다.

승리에 취해, 새로운 힘에 취해 약간의 미진함 정도는 무시해 버리고 모든 것을 이뤘다고 생각해 그냥 돌아가 버린 것이다.

"이 사람, 능력도 좋네. 심장을 넣었다 뺐다 하게."

그러면서 아론은 라무스의 심장을 손바닥 위에 올려놓았다.

스르르릇!

라무스의 심장은 마치 원래 그랬던 것처럼 아무런 저항 없이 아론의 손바닥으로 빨려들 듯 사라졌다. 마치 물처럼 말이다. 그와 함께 아론의 전신으로 형언할 수 없는 밝은 녹색의 빛이 휘돌며 오랜만에 만나서 반갑다는 듯이 춤을 추기 시작했다.

휘류류릉!

기이한 소리가 퍼져 나갔다.

아론은 손을 뻗어 자신을 휘돌고 있는 밝은 녹색의 빛 덩어리를 어루만졌다. 고맙다는 듯이, 반갑다는 듯이 움찔거리는 녹색의 빛 덩어리. 원래 하나였기에 하나가 되는 과정은 필요치 않았다.

강제로 흡수하는 것이 아닌 스스로 녹아들고 있었다.

"이로써 네 개, 아니, 아니네. 그냥 하나가 된 것뿐이네."

그럴 수밖에 없었다.

마탑의 마탑주는 강제로 흡수했음에 세 개의 힘이라 했으나 아론은 네 개의 힘이 아닌 그저 한 개의 힘일 뿐이었다. 원래 자신이 가지고 있던 그런 힘 말이다. 아론이 받아들인 힘은 정수라기보다는 원래의 자리로 돌아온 것뿐이다.

그는 여전히 세 개의 힘을 하나로 통합하고 있었고, 불의 마탑의 탑주 역시 세 개의 힘을 취했다. 그리고 유리피네스가 하나의 힘을 가지고 있다.

"이제 일곱 개의 힘이 모두 드러났군. 하지만 너는 드러났고 나는 아직 숨어 있지."

라무스가 남긴 양피지.

그 양피지에는 불의 마탑주에 대한 모든 것이 적혀 있었다.

그가 바로 악의 축이라는 것이다.

그는 죽음으로써 모든 것을 밝혀냈다.

라무스의 능력은 바로 정신을 나누고 두 가지의 일을, 혹은 서너 가지의 일을 한꺼번에 진행하는 것이었다. 그가 자연의 힘을 다룰 수 있는 이유이기도 했다. 어쨌든 그 덕에 불의 마탑의 마탑주는 자신의 존재가 드러난 것을 모른 채 돌아갔고, 아론은 불의 마탑주의 정체를 알게 되었다.

아론은 흰 이를 드러내며 웃었다.

"백만 용병의 힘을 보여주지, 이 썩을 놈의 새끼야."

그는 라무스의 집을 벗어났다.

그리고 손에 마나의 불을 일으켜 라무스의 집을 흔적도 없이 태워 버렸다. 또한 자신의 존재조차 지워 버렸다. 이미 마법과 검의 경계가 무너진 자신이니 이런 것쯤은 아무런 의미가 없었다.

"그러나저러나 손 좀 봐주고 갈까?"

그는 멀거니 서서 고민하기 시작했다.

그러다 머리를 벅벅 긁으며 귀찮다는 듯이 고개를 저었다.

"귀찮다. 아니, 긁어 부스럼을 만들 필요는 없지. 하나씩 부수고 나가자."

공간이 열리며 아론의 모습이 사라졌다.

그리고 그가 모습을 드러낸 곳은 플람베르 가문의 소가주가 있는 집무실.

"어, 왔나?"

"그래, 왔다."

"선전포고를 하더군."

"누가?"

"칼뤼베이우스 가문이."

"플랑드르를 친대?"

"아니. 그런 말은 없었지."

"칠 수도 있겠군."

"그렇겠지."

"그런데 무슨 명분으로?"

"우리가 선제공격을 했다고 하더군."

"선제공격?"

"그렇다고 하더군."

"남의 일 말하듯 하는 거 보니 조작이로군."

"누군가 개입한 것 같다."

"개입이라……."

뭔가 생각에 잠기는 아론.

그러다 문득 생각나는 것이 있는지 고개를 끄덕였다.

"짚이는 데라도?"

"있지."

"어디?"

"불의 마탑."

"그······."

누군가 있다는 것은 알고 있었는데 불의 마탑일 줄은 몰랐다. 그런데 아론이 확정적으로 답을 내놓고 있다.

"확신하나?"

신중해야 했다.

불의 마탑.

바벨의 탑에는 네 개의 탑이 있고, 그 네 개의 탑이 하나로 통합된 것이 바로 불의 마탑이다. 네 개의 탑이 바벨의 탑이라고는 하지만 실질적으로 불의 마탑이 바벨의 탑이 된 지 오래였다.

그런 불의 마탑을 적으로 돌린다는 것은 대륙 전체에 퍼져 있는 마법사를 적으로 돌린다는 말과 다르지 않았다. 그것은 백만 용병을 적으로 돌린다는 말과는 또 달랐다. 그 이유는 마법사가 기사들보다 더 희귀한 존재이기 때문이다.

각 왕국이나 제국에서 마법사라는 존재는 귀족보다 더 높은 위치에 있으니 그를 함부로 적으로 내몰 수는 없었다. 그런데 그것을 너무나도 잘 알고 있는 아론이 불의 마탑을 입에 담았으니 그 말은 곧 마법사들과 싸워야 한다는 말과 같았다.

그러니 신중할 수밖에.

"내가 언제 없는 말을 하던가?"

"그렇긴 한데… 너무 엄청난 일이라서."

"놀란 사람치곤 너무 평온한데?"

"사람이 너무 놀라면 그저 평범하게 변하더군."

"그건 무력에 한해서 아니냐?"

"꼭 무력에만 한정할 것은 아닌 것 같더라."

"그런가?"

"어쨌든 어떻게 알게 된 것이냐?"

"라무스라고 알지?"

"그… 생령의 라무스?"

"그래."

"그자를 만났나?"

"늦었더군."

"그럼 어떻게?"

"그는 이미 자신의 죽음을 예견하고 있었더군."

"그럼……."

"나에게 서신을 남겼어."

"그걸 지금 말이라고……."

그에 아론은 정색을 하고 길버트를 바라봤다. 그리고 진중
하게 입을 열었다.

"지금부터 내 말 잘 들어라. 이 말은 어디에서도 하지 말고."

"으음."

갑자기 진중해진 아론의 모습에 길버트는 침음성을 흘렸다. 그러다 이내 고개를 끄덕이며 그러겠다고 다짐했다. 그에 아론은 자신의 힘의 원천을 이야기하기 시작했다. 지금으로부터 10여 년 전의 일을 말이다.

그에 따라 길버트의 얼굴은 심각할 정도로 굳어졌고, 아론의 말이 끝났을 때는 이루 형언할 수 없을 정도의 허탈감에 멍하니 아론을 바라보고 있었다.

"그랬군. 그랬어."

같은 말만 되풀이하는 길버트.

한참 동안 그렇게 멍한 표정을 지어 보이던 그는 마침내 결심이 섰는지 고개를 끄덕이며 말했다.

"고맙다."

"뭘?"

"나를 믿고 사실을 이야기해 준 것 말이다."

"별것도 아니다."

아론의 대수롭지 않아하는 말에 피식 웃는 길버트였다. 실제 굉장히 중요한 일이다. 그런 사실을 자신에게 말했다는 건 그만큼 자신을 믿는다는 것이니 그것에 고마움을 느끼는 길버트였다.

"별것도 아닌 사실을 10여 년 동안 숨기고 있었다면 그건 그 순간부터 별것인 거다."

"어, 그럼 별것이네."

"그래, 그 별것을 나에게 말해줘서 고맙다고."

"고마우면 잘해라."

"그래야겠지. 어쨌든 선전포고를 받아들였다."

"잘했다. 이제 시작인 게지."

"거기에 제국의 모든 마법사를 적으로 돌려서 말이지."

"뭐, 설득해 봐야겠지."

"마법사 놈들, 의외로 꽁한데 그게 가능하겠냐?"

"소인배만 있겠냐? 대인배도 있다. 그리고 모두를 만날 필요는 없지."

"그 말은?"

"우리에게는 유리피네스가 있거든."

"아, 잠시 잊고 있었군."

"잊지 말아라."

"그래야겠지."

그 후 둘의 대화는 점점 더 심도 있게 변해갔고, 오랫동안 대화를 주고받으며 계획을 세우기 시작했다.

새롭게 시작한 전쟁을 종식시키기 위해서이다.

CHAPTER 8

소문

제이니스 제국 전역에 이상한 소문이 떠돌고 있었다. 사람들은 그 소문을 듣곤 처음엔 코웃음 쳤다. 무슨 말도 안 되는 소리를 하느냐고 말이다. 하지만 아무리 소문이라 하더라도 계속 반복되고 조금씩 신빙성이 더해간다면 사람들은 의심을 하게 된다.

"그게 정말 말이 돼?"

"아니 땐 굴뚝에 연기 나겠어?"

"그래도 그렇지."

"아닌 말로 마법사는 사람이 아닌가?"

"내가 보기에 그들은 사람이 아니야."

"뭐라고? 그럼 그 사람들이 몬스터나 마족이란 말인가?"

"그건 아니지. 하지만 사람으로 마나를 타고 난다는 게 그리 쉬운 게 아니잖나?"

"어이, 어이. 지금 그 이야기가 그게 아니지."

"아, 그렇군. 이 사람이 자꾸 옆으로 빠지는 말을 하는 바람에……."

"어쨌든 난 못 믿겠어."

"나는 상당히 신빙성이 있다고 생각해."

여기저기에서 최근 나돌고 있는 소문에 대해서 대화를 나누고 있었다. 지금 제국의 초미의 관심사는 바로 마법사에 관한 것이었다. 그냥 마법사가 아니라 어둠의 마법사, 바로 흑마법사에 관한 소문이었다.

흑마법사는 이 대륙에 사는 사람이라면 자다가도 벌떡 일어날 정도로 경기를 일으키는 존재였다. 증오하고 또 증오하며, 증오하는 만큼 그들을 무서워했다. 왜냐하면 마법사라는 존재는 수없이 많은 마법 실험을 하는 존재이다.

마법을 연구하기 위해서는 필연적인 수순이다. 그런데 사실 마법사라는 것이 외부에서 보는 것처럼 멋있고 고상한 직업은 아니다. 혼자 실험실에 틀어박혀 평생 여자도 없이 살아간다.

지극히 개인적이고 세상일에 무관심하다. 그들의 관심은 오로지 마법뿐이었다. 물론 정치적인 활동을 하는 마법사도 있었지만 그러한 이들은 극히 일부였다. 그래서 마법사를 아는 기사들은 그들을 일러 방구석 폐인이라고 했다.

　한번 실험실에 들어가면 몇 년 동안 밖에 나오지를 않으니 어쩌면 당연한 비하의 말일지도 몰랐다. 어쨌든 그럼에도 그들은 정기적으로 감사를 받아야 했는데 바로 실험실에 틀어박혀 금단의 마법을 연구하는 것 때문이었다.

　금단의 마법이란 바로 암암리에 전해져 오는 흑마법을 말한다. 처음에는 순수하게 연구의 목적일 것이나 어느새 흑마법에 빠져들기 시작하고, 마침내는 인간으로서 하지 말아야 할 것에 손을 대게 되어 결국에는 흑마법의 노예가 되어버린다.

　그것을 견제하기 위해 마법사들은 정기적으로 감사를 받아야만 했다. 그 중심에는 바로 황실 마탑도 있겠지만 가장 막강한 힘을 가지고 있는 바벨의 탑 마법사들이 있었다. 소문은 바로 그 바벨의 탑에 대한 것이었다.

　"바벨의 탑이 흑마법사의 소굴이 되었다더라."

　"말도 안 되는 소리다. 어떻게 흑마법을 감시하고 마법사의 최고 정점에 선 바벨의 탑이 흑마법사의 소굴이 될 수 있겠는가?"

"증거도 있다."

"증거를 대라."

"내가 아는 친구 놈이 용병인데, 그 사람의 고향이 바로 바벨의 탑 중 물의 마탑이 있는 수에즈 지역이다."

"그게 어쨌다는 것이냐?"

"어느 날 친구가 고향으로 돌아가려는데 친구는 수에즈 내에 있는 자신의 고향으로 들어갈 수 없었다."

"아니, 왜?"

"마탑에서 출입을 통제했기 때문이다."

"혹시 그 마을 사람들이 잘못을 저질렀는가?"

"그렇지 않다. 그들은 법 없이도 살 사람들이었다."

"그런데 왜?"

"그래서 그 친구는 주변을 탐문하면서 원인을 찾았다."

"그래서 찾았나?"

"처음엔 전염병 때문이라고 했다."

"그럼 그렇지."

"가만있어 봐라. 아직 내 말 다 안 끝났다."

"더 할 말이 있나?"

"그래."

"무슨 할 말?"

"그래서 친구는 근처의 마을에 자리를 잡고 이제나저제나 마을로 들어갈 날만을 기다렸다. 그곳에는 자신의 가족이 있고 미래를 약속한 연인이 있었으니까."

"그래서 어떻게 됐는데?"

"결국 그 친구는 마을로 들어갈 수 없었다."

"아니, 왜?"

"물의 마탑에서는 공식적으로 전염병을 막지 못해서 오염을 막기 위해 마을 전체를 불태워야 한다고 했다."

"아니, 그런⋯⋯."

"물의 마탑조차도 막지 못하는 전염병이라니, 그런 말은 듣지 못했는데?"

"설사 저주라 할지라도 물의 마탑에서 해결하지 못할 것을 없을 텐데?"

"이야기 그만할까? 왜 자꾸 말을 막아?"

"아니, 아니야. 계속 말해보게. 여기, 술도 좀 마시고."

"커흠, 그래야지. 그런데 문제는 그다음부터야. 마을을 불태워야 한다는 말에 친구는 분노했지. 사람이 살고 있는 마을이고 자신의 고향이지 않는가? 그런데 그 친구는 더욱 어처구니없는 상황에 처하게 됐지."

"아니, 무슨⋯⋯?"

"바로 그 자신도 전염병이 의심되니 같이 가서 검사를 받아야 한다는 거였지."

"아니, 그런……."

"그런 억지가……."

"그래서, 그래서 어찌 되었나?"

"어쩔 수 없지 않은가? 상대는 물의 마탑이고 자신은 일개 용병이니 따를 수밖에."

"허어!"

"아이고!"

주변 사람들은 사내의 설명에 한탄했다. 참으로 기구하고 불쌍한 용병이 아닌가? 전염병 때문에 눈앞에 고향을 두고 가지도 못하고, 가족은 산 채로 불에 타 죽게 생겼으며, 자신은 전염병이 의심되어 마탑으로 끌려가야 한다니 말이다.

일반인이나 용병들은 마탑이라는 말을 들으면 본능적으로 두려움을 가진다. 마법사란 그런 존재였다. 기사보다 더 잔인한 존재. 마음에 들지 않으면 조그마한 왕국 정도는 마탑의 하부 조직만으로도 충분히 멸망시킬 수 있는 그런 존재였다.

그래서 사람들은 마법사란 고마운 존재라기보다는 두려움의 대상이었다. 언제 어떻게 변덕을 부려 자신을 죽일지도 모를 그런 존재였다. 그런 이들이 바글바글 모여 있는 마탑으로 가야 한다면 당사자의 심정이 어떻겠는가?

단 한 톨의 잘못도 없다 하더라도 마탑으로 가는 순간 떨리지 않을 수 없을 것이다. 그래서 사람들은 한탄할 수밖에 없었다. 그들은 마탑으로 끌려가는 그 용병이 분명 죽었을 것이라고 생각했다.

그에 술을 얻어 마시고 있는 자는 답답했는지 다시 술을 숭늉 마시듯 벌컥거린 후 입을 열었다.

"친구는 마법사를 따라갔다. 그런데 말이지, 마법사를 따라가는 사람이 자신만이 아니었다."

"그럼 그 일대가 전부 전염병에 노출되었는가?"

"아니, 그게 아니야."

"그러면 뭔데?"

"분명 그들은 사람이었어. 무슨 병에 걸렸는지 몰라도 조금은 창백하고 퀭한 눈동자, 그리고 느릿한 걸음걸이를 제외하고는 말이야."

"저런. 그들은 분명히 전염병자들이었을 게야."

"그렇지."

"그런데 그런 전염병자들을 어쩌자고 멀쩡한 사람과 동행시킨 거지?"

탁!

숭늉 마시듯 마신 술잔을 소리 나게 내려놓으며 다시 입을 열었다.

"친구는 의심을 품으면서도 마법사들이 두려워 그들의 말을 따랐네. 그런데 말이지."

"그런데?"

"도대체 무슨 일이 일어난 거지?"

"그래서, 그래서 어떻게 됐는데?"

다시 술로 목을 축이며 사내가 이야기를 계속했다.

"어느 날 밤 친구는 답답한 마음에 잠을 이룰 수 없어 자신에게 배당된 막사에서 슬그머니 눈을 떴다더군. 그런데……."

꿀꺽.

이야기가 계속될수록 술집의 분위기는 점점 사내의 이야기에 집중되었다. 평소라면 왁자지껄 떠들며 자신의 말이 맞는다는 듯 목청을 높였을 험악한 이들도 사내의 말에 집중하고 있었다.

"무심코 자신의 옆을 바라보던 친구는 소스라치게 놀랐다네. 창백하고 어눌했지만 사람 좋은 모습의 그였는데 바짝 마른 미라처럼 되어 있고 눈알은 뿌연 막에 둘러싸여 있던 것이네. 그런 그가 자신에게 힘들게 입을 열었다더군."

"무슨……?"

"도망치라고."

"그게 무슨……."

"그 친구는 입을 열 수 없었다고 하네. 아니, 숨소리를 낼 수 없었다고 하네. 그 말을 마지막으로 옆에서 자고 있던 이가 벌떡 일어나 사방을 두리번거리더니 비척거리며 막사 밖으로 나갔기 때문이야."

"그래서, 그래서?"

"친구는 두렵고 무서웠지만 꾹 참고 그자를 따라나섰네. 물론 조심스럽게 주변을 뒤져 무기나 방어구로 쓸 만한 것들을 챙겼지."

"따라갔더니?"

"어둠 속에 그와 같은 사람이 수십은 되어 보였다는 것이네. 그리고 그들을 인솔하는 이가 바로 물의 마탑의 마법사들이었고 말이네."

"그게 대체 이 소문과 무슨 연관이 있단 말인가?"

"연관이 있지."

"어떤 연관?"

"최초 친구가 합류할 때 기백 명의 사람이 있었는데 점점 그 수가 줄어들어 그가 사내들의 뒤를 따를 때는 겨우 150명 남짓밖에 남지 않았다고 했거든?"

"다 죽었나? 전염병자였기 때문에?"

"아니, 아니야."

"그럼?"

"친구가 그들을 끝까지 따라갔을 때 그는 심장이 튀어나올 만큼 놀랐네."

"왜?"

"그곳에는 사라진 사람들이 모여 있었거든. 아니, 자신과 동행한 이들보다 족히 몇 배에 달하는 이들이 있었다고 하네."

"격리시킨 것인가?"

"아니. 그것도 아니네."

"거참, 답답하네. 빨리 답을 해보게. 도대체 뭔가?"

사람들의 독촉에 사내는 다시 입을 열었다.

"그리고 그 친구가 본 것은 인육을 뜯어 먹고 있는 회색의 사람들이었네."

"뭐라고?"

"그게 무슨……."

"그럴… 수가……."

"그것이 참말인가?"

"그것을 어떻게 믿나? 그 친구가 거짓말을 한 것일 수도 있지 않은가?"

"거짓말? 정말 거짓말이라고 생각하나?"

"충분히 지어낼 수 있지 않은가?"

"그래, 그렇겠지."

그러면서 허리를 펴고 나무 의자에 기대 눈을 감는 사내였다. 그리고 나직하게 입을 열었다.

"그 친구가 바로 나와 같이 있던 친구야. 우리는 너무 놀라 헛바람을 일으켰고, 난 비명을 질렀다. 그 탓에 우리는 그들에게 들켰고, 시체를 뜯어 먹고 있던 회색의 사람들과 그들을 방조하고 있던 마법사들이 우리가 있던 곳으로 왔네."

"그런……."

"그 친구는 두려움에 움직이지 못하는 나를 억지로 끌고 도망갔고, 내가 겨우 정신을 차렸을 때 그 친구는 나에게 도망치라고 하고 자신은 회색의 사람들에게로 달려들었지. 나는 그 친구의 이름을 애타게 불렀네. 하지만 그 친구는 절대, 절대 뒤돌아보지 말라며 미친 듯이 회색의 사람들을 공격했어."

어느새 이야기를 주도하고 있는 자의 얼굴에는 맑은 눈물이 흘러내리고 있었다. 상처 나고 거친 얼굴에 흐르는 사내의 눈물에 장내는 숙연해질 수밖에 없었다.

"나는 그런 친구를 두고 도망쳤다. 친구는… 나를 살린 친구는 그들에게 산 채로 잡아 먹혔네."

"……."

차마 입을 여는 자가 없었다.

침묵이 계속되었고, 마침내 한 사람이 물었다.

"어떻게 살았나?"

일말의 의심이 깃든 물음이다. 하지만 사내는 눈을 뜨지 않고 담담하게 입을 열었다.

"절벽에서 떨어졌다."

"절벽에서?"

"절벽 밑은 강물이었지. 그 때문에 난 살아난 거야. 지금까지 나는 두려움에 그때의 모든 것을 함구하고 살았네. 하지만이번 소문으로 확신하게 되었지. 그들은 좀비였고 좀비를 이끌던 자들은 흑마법사였다고."

"그건……."

"벌써 10년의 시간이 지났지만 나는 밤마다 악몽을 꾸며몸부림쳤네. 왜 그때 같이 죽지 못했을까? 그리고 왜 그들에대해 함구했을까? 하지만 이제는 아니야. 말을 해야만 했는데… 의문을 표해야 했는데 왜 하지 못했을까?"

그러면서 감은 눈을 서서히 뜨며 다시 입을 열었다.

"나는 두려웠던 거야. 물의 마탑이 두려웠고, 내가 죽을까두려웠던 거야. 친구의 죽음을 눈앞에서 목도하면서… 날 위해 목숨을 버린 친구를, 산 채로 죽으면서 나를 위해 발악하는 친구가 죽어가는데도 말이다."

그는 갈증이 난 듯이 이번에는 술병째 들어 입에 들이부었다.

"크으, 하지만 이제는 말을 해야 할 것 같아서 말이지. 그놈들이 흑마법사였다는 것을. 이미 10년 전에도 활동했다는 것을."

사람들은 침묵했다.

이것은 증거였다.

살아 있는 증인이다.

그 증인 앞에서 그들은 어떤 말도 할 수 없었다.

탁!

사내는 소리 나게 술병을 탁자에 내려놓은 후 비틀거리는 걸음으로 술집을 벗어났다. 사람들은 한동안 말없이 사내가 나간 문을 바라봤다. 그리고 다시 술을 마시기 시작했다. 그들의 뇌리에는 이제 소문이 아니라 사실로 굳어지고 있었다.

그때 술집의 한쪽 귀퉁이에서 조용히 술을 마시고 있던 몇 명이 자리에서 일어나 계산을 하고 술집을 벗어났다.

비척비척!

술집을 벗어난 사내는 비틀거리며 걸음을 옮기고 있었다. 이리저리 움직이더니 이내 한적한 곳에 털썩 주저앉아 밤하늘을 바라봤다.

"이제 속이 시원하군. 그동안 미안했네."

누군가에게 말을 하듯이 하늘을 보며 입을 여는 사내. 그때 밝은 달 속에 그림자가 드리워지며 사내를 가렸다. 하지만 사내는 이미 알고 있다는 듯 그들에게 신경조차 쓰지 않왔다.

"역시 나를 감시하고 있었던가?"

"너는 보지 말아야 할 것을 봤고 말하지 말아야 할 것을 했다."

"내가 보지 말아야 할 것은 무엇이고 말하지 말아야 할 것은 무엇인가?"

"지난 10년 동안 널 찾아다녔다. 그리고 네놈이 마지막이고."

사내의 물음에는 답을 하지 않고 자신들의 말만 하는 검은 그림자들. 하지만 사내 역시 그들의 모습에 전혀 미동조차 보이지 않고 있었다. 이미 모든 것을 받아들일 준비가 된 모습이다.

"그런데 말이다, 네놈들, 물의 마탑에서 나온 건가?"

"글쎄, 왜 우리가 네놈의 물음에 답해야 하지?"

"네놈들 말대로라면 난 곧 죽을 테니까. 그러니까 그 정도 소원은 들어줄 수 있는 거 아냐?"

"하긴 그렇군."

어둠 속에 모습을 감추고 있던 이들이 모습을 드러냈다. 칙칙한 로브와 깊숙하게 눌러쓴 후드, 그리고 등 뒤에는 보기에도 섬뜩하게 빛나는 붉은색 대검을 찬 이들이다. 사내는 슬쩍 숙이고 있던 고개를 들어 두려움 없이 그들을 바라봤다.

깊숙하게 후드를 눌러쓴 그들이었기에 얼굴은 볼 수 없었다. 하지만 선명하게 타오르는 붉은색 귀화는 볼 수 있었다.

"네놈들, 사람이 아니구나."

"사람이 아니라니, 무슨 서운한 소리를."

누가 보더라도 그들은 사람이 아닌 것처럼 보였다. 일단 그들은 모두 상당히 컸고 마치 허공에 떠 있는 듯 보였다. 그리고 목소리는 조금은 어눌한 듯 음습하게 울려오고 있었다.

듣고 있으면 자신도 모르게 움츠러들 정도이다. 하지만 사내는 여전히 아무런 미동조차 없다. 그에 깊숙하게 눌러쓴 이들의 고개가 살짝 기울어졌다. 술집에서 본 모습과 판이했기 때문이다.

"뭔가 믿는 바가 있는가?"

"나 같은 하잘것없는 용병이 무엇을 믿을까?"

"하지만 이상하군. 다른 자들과 전혀 다른 반응을 보이니 말이야."

"가끔 나 같은 사람도 있어야 하지 않을까?"

"특이한 놈이군. 하긴 그런 놈이기 때문에 이렇게 오랫동안 우리를 고생시킨 것이겠지."

그 말과 함께 사내를 에워싸는 자들.

그런 그들을 말없이 지켜보는 사내.

"왜? 무서운가?"

"무섭다? 무섭다……."

사내는 야공을 올려다보며 나직하게 되뇌었다. 마치 회한이 가득한 과거를 회상하듯, 그리고 모든 것, 심지어는 자신의 죽음조차도 초월한 듯한 모습이다. 사내들은 그것이 거슬렸나 보다.

자신들이 찾아갔을 때 이토록 담담한 모습을 보여준 이가 없었기 때문이다. 그래서 은근히 자존심이 상했다. 그들은 자신들을 보고 두려움에 떠는 이들을 보며 일종의 쾌감과도 같은 것을 느끼고 있었다.

그런데 그동안 추적하고 목숨을 거둔 이들과는 전혀 다른 모습을 보여주고 있으니 어쩌면 당연한 일이었다. 그런 그들과는 다르게 야공을 응시하던 사내는 자신의 정면에 있는 로브인을 직시하며 담담하게 입을 열었다.

"이상하게 두렵지는 않군."

"그런가?"

그러면서 등 뒤에 차고 있던 붉은 기운이 넘실거리는 대검을 뽑아 드는 로브인. 그것은 죽이겠다는 의미와 다를 바 없었다. 로브인들은 확신하고 있었다. 신경에 거슬리는 정면의 사내는 반드시 죽는다는 것을.

붉은색이 넘실거리는 대검을 쓰다듬던 로브인은 마침내 쓰다듬기를 멈추고 자신의 눈앞에 있는 담담한 표정의 사내를 직시하며 나직하게 입을 열었다.

"죽여."

그러자 로브인들이 움직였다.

그에 그들에게 대응해야 할 사내는 오히려 눈을 감아버렸다.

포기한 것일까?

가장 먼저 등 뒤에 있던 로브인의 붉은 대검이 그의 등 뒤로부터 심장을 찔러갔다.

하지만.

흔들.

사내의 신형이 미세하게 흔들렸다.

그 순간 등 뒤로부터 사내의 심장을 찌른 로브인의 검푸른 색 귀화가 흔들렸다. 그것은 지켜보고 있던 다른 로브인들 역시 마찬가지로 검푸른 색의 귀화가 흔들렸다.

"피했어?"

전혀 의외였다.

아무리 방심했다고는 하지만 자신들의 검이 상대를 건드리지도 못한 경우는 없었다. 검을 뽑은 이상 반드시 상대의 목숨과 피를 취하고야 마는 자신들의 검이지 않는가? 그런데 옷깃조차 건드리지 못했다.

이것을 도대체 어떻게 설명해야 하는가?

그렇지만 가장 먼저 정신을 차린 자가 있었으니 사내와 대화를 주고받던 로브인이다.

"역시… 한 수 있다는 것인가?"

"이제 알았나?"

"하긴 너무 침착하다 했어. 그런데……."

말을 흐리는 정면의 로브인.

"어떻게 이럴 수 있지?"

"뭐가 말인가?"

"우리가 조사한 바로 너는 10년 전이나 지금이나 전혀 달라지지 않았다. 물론 조금 더 늙긴 했지. 하지만 실력은 여전히 그 자리다. 그런데 어떻게 우리의 검을 피할 수 있지?"

"너희들의 실력이 모자란 것이지."

"우리를 도발하는 것인가?"

"아니, 아니야. 너희들 따위를 도발할 생각 같은 건 없어."

사내의 말에 로브인들의 얼굴이 일그러졌다. 아니, 그렇게 보였다. 유일하게 선명하게 보이는 검푸른 색의 귀화가 일그러지며 타올랐다. 그들은 지금 당황하고 있었다.

"네놈, 기네딘 골로프킨, 맞나?"

"맞아."

"……."

맞는다는 말에 침묵하는 정면의 로브인.

"그렇다 해도 달라질 것은 없다."

"그래, 달라질 것은 없지. 너희들, 확실히 흑마법에 물든 물의 마탑의 어둠의 비약으로 재탄생한 존재들이로군."

확신하듯 말하는 기네딘 골로프킨.

그의 손에는 어느새 두 자루의 배틀엑스가 쥐어져 있었다. 분명 그는 아무것도 들고 있지 않았는데 말이다. 하지만 로브인들은 그것을 염두에 두고 있지 못했다. 그 이유는 바로 자신들의 정체를 완벽하게 파악하고 있는 기네딘 골로프킨 때문이다.

"불의 마탑의 탑주가 4대 마탑을 완전히 장악했나 보군. 흑마법과 상극인 물의 마탑마저 흑마법에 물든 것을 보니."

"네놈, 어떻게 알고 있는 거지?"

"세상에 비밀이 있다고 생각하나? 비밀은 없다. 그리고……."

"그리고?"

"그때 나를 대신해 죽은 자, 그는 내 가문의 유일한 생존자이자 나의 아버지이며 친구이며 가족이었다. 그는 죽는 순간까지 비겁하고 겁쟁이이던 나를 믿고 나를 대신해서 죽음을 맞이했던 거지. 그래서 나는 이를 악물고 성장했다. 너희들을 죽이기 위해서."

"감동적이로군. 하지만 이걸 어쩌나. 네놈의 소원을 들어줄 수 없어서 말이지."

"그래, 그러니까 어서 덤벼봐."

기네딘이 자세를 잡았다.

그는 그때와 완전히 달라졌다.

그가 달라진 시기는 바로 플랑드르에 정착하고 아론이 이끄는 임페리움 용병단에 가입한 이후부터였다. 기사 가문의 마지막 생존자였지만 천성적으로 독하지 못한 마음에 스스로의 재능을 펼치지 못한 기네딘 골로프킨.

하지만 가문의 유일한 가족이 산 채로 좀비들에게 뜯어 먹히는 모습을 보고 그는 달라졌다.

그는 싸움꾼이 되었다.

가문으로부터 어떤 검술도 이어받지 못했지만 그는 천부적인 재능으로 플랑드르에서 나름 명성을 쌓았다. 하지만 결정적인 계기는 바로 임페리움 용병단에 가입한 이후라고 할 것이다. 그는 임페리움 용병단에서 재능의 꽃을 피웠다.

그는 누구보다 독하게 훈련에 임했고, 그 결과로 어떤 이보다 빠르게 실력을 상승시켰다. 그런 그의 실력과 노력은 결국 아론의 측근들 눈에 띄었고, 가르침에 결코 제한을 두지 않는 그들은 진심으로 그를 가르쳤다.

그는 마치 맑은 물이 검은 잉크에 물들 듯이 그 모든 것을 빨아들였다. 그의 타고난 재능과 노력으로 말이다. 그리고 기어코 그는 단 일 년 만에 소드 마스터가 되었다. 말도 안 되는 재능과 노력이었다.

자신과 함께 임페리움 용병단에 가입한 카스트로나 막시무스보다 몇 배는 빠른 성장 속도였다. 그의 성장 속도에 모두들 경악했다. 그리고 마침내 아론의 눈에 띄었고, 아론은 그의 재능을 알아보고 장장 3년이라는 길고 긴 수행을 명령했다.

그리고 한 달에 한 번, 반드시 하루 내내 실전보다 더한 대련을 했다. 거기에 더불어 특별히 아론에게 바디 체인지와 소울 체인지를 받아들이니 임페리움 용병단에 가입한 지 불과 7년 만에 그는 그레이트 소드 마스터에 도달했다.

역사상 전무후무한 일이었다.

그런 기네딘이 이곳에 서 있다.

10년 전의 복수를 하기 위해서이다. 하지만 단지 복수만을 위해서 이 자리에 선 것은 아니었다. 그는 아론에게 특별한 명령을 받았다. 그래서 스스로 미끼가 되었고, 존재를 드러내 이 자리에 있는 것이다.

"죽여."

기네딘의 정면에 있는 로브인이 나직하게 외쳤다. 그에 기네딘을 둘러싼 로브인들이 움직이기 시작했다. 조금 전과는 전혀 다른 모습이다. 이미 한 번의 실패가 있었다. 그 실패가 바로 그들의 자존심에 상처를 입혔다.

어둠 속에서 붉은 검이 귀화를 터뜨렸다.

로브인들이 어둠과 동화되어 기네딘의 시야에서 사라졌다. 하지만 그렇다고 해서 기네딘의 시야에서 벗어날 수는 없었다. 그들은 아직 기네딘의 경지를 알지 못했다. 그들이 조사한 기네딘은 바보이고 겁쟁이였다.

자신의 가족이 죽음에도 불구하고 두려움 때문에 혼자 도망친 자였다. 그런 그가 10년이라는 시간이 지났다고 해서 달라질 것이 무엇이겠는가? 그리고 실패는 한 번이면 족했다.

붉은색 선이 어둠을 그어 내리기 시작했다. 붉은 귀화가 허공을 수놓았다. 기네딘은 배틀엑스를 휘두르며 붉은색 귀화를 박살 내기 시작했다.

카라랑!

콰앙! 쾅! 쾅!

"크으윽!"

"컥!"

쇠와 쇠가 부딪치는 소리가 들리고 귀를 먹먹하게 하는 폭음이 터졌다. 그리고 답답한 신음 소리가 들리며 어둠 속에 완전히 몸을 감춘 로브인들이 순간적으로 모습을 드러냈다.

기네딘은 다른 어둠 속에 숨은 로브인들의 공격을 받으면서도 모습을 드러낸 로브인들을 향해 쇄도했다.

서걱! 사각! 서걱!

무언가 잘려 나가는 소리가 들려오며 어둠 속에서 핏물이 사방으로 튀었다.

"어둠에 물든 자라 피도 검은색인 줄 알았더니……."

기네딘이 이죽거렸다.

그에 로비인들의 공격이 거세지기 시작했다.

그리고 마치 기다렸다는 듯이 그들의 공세를 휘저으며 로브인들의 목을 자르고 심장을 도려냈다. 로브인들은 상당수였으나 그들은 결코 기네딘의 상대가 되지 못했다. 순식간에 싸늘한 시체가 되어버린 로브인들.

"이노옴!"

그에 노호성이 터졌다.

기네딘과 대화를 주고받던 로브인은 붉은색이 일렁이는 대검을 휘둘렀다. 역시 보통의 로브인은 아니었으니 그의 대검에서는 붉은색 오러 블레이드가 치솟아 올라 기네딘을 위협했다.

"흥! 과거의 나를 생각했다면 오산이다."

그러면서 두 자루의 배틀엑스를 휘둘렀고, 오러 엑스가 휘어져 나왔다. 오러 엑스는 이내 오러 서클릿이 되어 대검의 오러 블레이드를 박살 내버렸다.

"커허억!"

피를 토해내는 로브인.

퍼버버벅!

오러 서클릿은 거기에서 그치지 않았다. 살아남은 로브인을 향해 여지없이 그들에게 죽음을 선사했다.

"쿨럭!"

기네딘의 일격에 심장을 부여잡으며 생명을 유지하고 있던 로브인이 피를 흘리고는 경악의 외침을 토해냈다.

"어떻게……?!"

"왜? 난 강해지면 안 되나?"

"그……"

"죽을 만큼 고통스러웠다. 아니, 삶 자체가 죽음과 같은 고통이었지. 이게 시작이라고 생각해라. 이 시간 이후 바벨의 탑은 무너질 것이다. 물론 그들과 동조한 에퀘스의 성역 역시 마찬가지다."

"그럴 수……"

로브인은 더 이상 말을 할 수 없었다. 기네딘은 죽은 로브인들을 바라봤다. 정적이 감도는 순간.

짝짝짝!

어디선가 박수 소리가 들려왔다.

"많이 늘었군."

"오로지 용병왕님 덕분입니다."

"내 덕분이라기보다는 참아내고 인내한 자네의 재능과 노력 덕분이라고 할 수 있지."

"이제… 시작일 뿐입니다."

"그래, 이제 시작이지."

어둠 속에서 모습을 드러내는 아론.

하지만 아론 혼자만이 아니었다.

그의 뒤에는 몇 명의 인물이 더 있었다. 기사와 귀족, 심지어 마법사도 있었다. 그들은 얼굴이 딱딱하게 굳어 있었다.

"하아~"

그중 노회한 마법사가 어두운 야공을 보며 탄식을 토해냈다.

"그토록 경계했건만……."

"평화가 너무 오랫동안 지속된 탓이지요."

"그렇구려, 그래."

그들은 모두 마법사와 같은 표정이었다. 충격받은 그들의 모습을 보며 고개를 끄덕인 아론이 담담하게 입을 열었다.

"바꿔야 하지 않겠소?"

"이를 말씀입니까?"

그들의 반응에 고개를 끄덕인 아론은 슬쩍 기네딘 골로프킨을 바라봤다. 그는 여전히 죽어 시체조차 제대로 남기지 못한 로브인들을 바라보고 있었다. 그들은 연기가 되어 사라졌고, 남은 것은 오로지 칙칙한 로브와 후드뿐이었다.

그런 그들을 바라보며 착잡한 표정을 지어 보이는 기네딘 골로프킨. 아론은 그런 그의 어깨를 토닥였다. 그에 문득 그는 아론을 바라보았다.

"편안할까요?"

"그럴걸?"

아론의 대답에 인상을 쓰는 기네딘.

"무슨 말이 그렇습니까?"

"내가 죽은 사람 마음을 어떻게 아나?"

"그건 그렇지만 그래도 이런 상황에서 그런 말은 좀⋯⋯."

"죽은 자는 말이 없다. 다만 너의 죄책감은 감할 수 있겠지."

"제가 잘못하고 있다는 말입니까?"

"아니, 잘하고 있다. 아마 그자가 하늘에서 내려다보고 있다면 흐뭇한 웃음을 떠올리고 있을 것이다."

"제가 복수를 해서 말입니까?"

"아니, 네가 달라졌기 때문이지."

"제가 달라졌기 때문이라니⋯⋯."

"자신의 복수를 해달라고 죽지는 않았을 것이다. 네가 달라지기를 바랐을 것이고, 달라진 만큼 책임지기를 바랐을 것이다. 그래서 너는 달라졌고, 책임지고 있다. 그러니 그는 행복할 것이다."

"……."

그에 기네딘은 멀뚱히 아론을 바라보았다. 그런 기네딘을 뒤로하고 나타난 이들과 함께 어둠 속으로 사라지는 아론. 그런 그를 뚫어지게 바라보던 기네딘은 히죽 웃으며 입을 열었다.

"당신은 냉정하지만 따뜻한 사람입니다."

그는 얼굴에서 미소를 지우지 않은 채 야공을 바라봤다.

*　　　　*　　　　*

"누가 감히……."

"그 소문을 믿기나 할까?"

"믿든 안 믿든 상관없소. 중요한 것은 바벨의 탑의 명예를 더럽혔다는 것이오."

"그렇기는 하나……."

"소문이란 그 진원지를 찾을 수 없어서 소문인 것이지 않소."

"그렇소. 그래서 힘든 것이오."

"하지만 경고는 해야 할 것이오."

"경고라……. 아예 이참에 우리의 진정한 모습을 보여주는 것이 어떻소?"

"로드께서 아직 답을 주지 않았소."

"허어, 이 중요한 시기에 로드께서는 왜?"

여기 모여 있는 자들은 바벨의 탑을 구축하는 불의 마탑과 물의 마탑, 그리고 바람의 마탑과 대지의 마탑을 이끄는 탑주들이었다. 그들은 지금 소문을 두고 갑론을박하고 있었다.

처음에는 가볍게 넘겼다.

하지만 점점 더 소문이 퍼져 나가고, 많은 이가 그 소문이 신빙성이 있다고 생각하게 되자 그들은 긴급하게 모여 이렇게 심각하게 논의하고 있는 것이다. 하지만 결정적으로 여기 모인 이들이 결정할 수 있는 것은 아무것도 없었다.

물론 소소한 일이야 모두 각 마탑의 탑주가 결정하고 있지만 주요 안건은 반드시 로드의 허락을 득해야만 했다. 그렇기에 그들의 시선은 이제 로드의 좌우를 점하고 있는 프로세르핀과 벤제마를 향하고 있었다.

하지만 둘은 여전히 침묵을 고수하고 있었다.

그것이 답답했는지 대지의 마탑 마탑주가 입을 열어 물었다.

"벤제마 님은 어떻게 생각하시오?"

"저는 오직 로드의 명을 따를 뿐입니다."

"지금은 로드가 계시지 않잖소. 지금 상황에서는 두 분의 의견이 가장 중요하지 않겠소?"

"떠나시기 전 로드께서는 기다리라 하셨소."

"기다리라?"

"그렇소."

"허어, 이것 참."

벤제마의 말에 네 마탑주는 혀를 찼다. 그들은 꿈쩍도 하지 않는 벤제마와 프로세르핀의 행동에 인상을 쓸 수밖에 없었다. 자신들이 로드를 받드는 것은 분명한 사실이다. 하지만 자신들이 벤제마와 프로세르핀의 밑은 아니었다.

하지만 지금 둘이 자신들을 대하는 태도는 바로 아랫것들을 대하는 것과 같았다. 그리고 저 수동적인 자세가 싫었다.

"그렇다면 로드께서 돌아오실 때까지 이대로 지켜만 봐야 한단 말이오?"

"그럴 수밖에 없지 않겠소?"

"허어, 이렇게 난감할 데가……."

"소문을 무시할 수는 없소. 처음엔 그냥 소문일 뿐이었지만 지금은 아니오. 곳곳에서 우리에게 당한 이들이 증언을 하고 증거를 대고 있소. 이렇게 가다가는 분명 우리 마탑의 위신이 땅에 떨어질 것이고 더 이상 우리를 믿지 않을 것이오."

"알고 있소."

"한데도 로드의 명을 기다려야 한단 말이오?"

"로드의 명을 어기자는 것이오?"

"내 말은 그 말이 아니잖소. 로드께서 돌아오시기 전에 미리 준비를 하고 어느 정도 소문을 불식시킬 필요가 있다는 것이오."

"이 정도로 무너질 마탑이 아님을 알고 있소."

"물론 그렇소. 우리 마탑은 제국의 역사와 같이하고 있으니 말이오. 하나 우매한 버러지들은 그런 속된 말과 자극적인 소문에 넘어갈 것이오. 더불어 우리 마탑에 대한 인식을 다시 할 것이고 말이오."

"우매한 자들이 무섭소?"

"무슨 가당치 않은 소리를."

"그렇소. 무서워할 필요 없소. 그놈들은 그저 부화뇌동하고 있을 뿐이오. 마탑의 힘을 보여준다면 그들은 다시 마탑의 무서움에 떨게 될 것이오."

"문제는 우매한 평민들이 아니라 적대 관계에 있는 기사들과 귀족들이오."

"물론 그렇기는 하나 로드께서 그에 대한 준비조차 하지 않왔을 것이라고 생각하오?"

"이미 조치를 취하셨다는 것이오?"

"로드께서 돌아오시면 모든 것이 일소될 것이오."

"허어, 진정으로 궁금하구려."

답을 받기는 했지만 네 명의 마탑주는 자리를 벗어날 수 없었다. 대책은 이미 있다고 한다. 하지만 그 대책의 핵심은 여전히 오리무중. 답답해서 이대로 돌아갈 수 없는 네 명의 마탑주였다.

'도대체 어떤 대책인가?'

'단순히 간자를 심었다고 하기에는 그 규모가 너무 크니 쉽지 않을 터인데 말이지.'

'물론 퍼펫 마법도 있기는 하겠으나 한두 명의 퍼펫으로 불가능하지 않은가?'

'돌아오셔야 할 터인데. 여론이 너무나도 안 좋다.'

그런 걱정에 돌아갈 수 없었다.

그때였다.

끼이이익!

문이 비명을 질렀다.

그에 여섯 명은 일제히 비명이 들려온 곳을 바라봤다. 하지만 회의실과 통하는 문은 여전히 굳게 닫혀 있었다. 고개를 갸웃한 순간, 그들은 놀라 자리를 박차고 일어났다.

"로드!"

그들은 자리에서 일어나 읍을 한 채 허리를 깊숙이 숙였
다.

"앉아라."

그의 말은 절대적이니 그 한 마디에 어떤 변명도 없이 착석
하는 여섯 명의 마법사.

"듣겠다."

단 한 마디였다.

그에 지금까지 단 한마디도 없던 프로세르핀이 조곤조곤
설명하기 시작했다. 상당히 오랫동안 갑론을박을 진행했지만
프로세르핀은 단 10분 만에 모든 상황을 정리해 버렸다.

"그렇군."

프로세르핀의 말을 들은 로드가 고개를 끄덕였다.

"그래서 어찌하기로 했나?"

"의논 중이었습니다."

"그러한가? 결론은?"

"아직입니다."

"나를 기다린 것인가?"

"그렇습니다."

그에 로드는 여섯 명을 훑어보았다. 그리고 고개를 끄덕인
후 자리에서 일어나 뒷짐을 진 채 창으로 다가갔다. 거대한

창문에는 두꺼운 커튼이 쳐져 있고, 로드라 불리는 자는 그 커튼을 거침없이 열어젖혔다.

평소 밝음을 극도로 싫어하는 그와는 완전히 배치되는 상황이다. 그리고 열어젖힌 창문으로 밝은 빛이 쏟아져 들어왔다. 어둠에 익숙해져 있는 이들은 순간 눈살을 찌푸렸다. 한데 그 빛이 점점 잦아들었다.

그 밝은 빛을 로드가 온몸으로 흡수하고 있었다. 얼마나 대단한 어둠을 지니고 있었는지 세상을 밝히는 밝음마저도 그 앞에서는 어둠으로 변해가고 있었다. 그에 여섯 명의 마법사는 감탄사를 떠올렸다.

"아!"

"드디어!"

"대공을 축하드립니다!"

여섯 명은 일제히 바닥에 부복하며 입을 맞춘 듯 같은 말을 해댔다.

한참을 창문 너머로 들어오는 밝음을 받아들여 어둠으로 만들어 버린 로드가 뒷짐을 풀고 뒤돌아섰다. 그의 등 뒤로는 검은 오라가 휘광처럼 드리워져 있었는데 어떤 빛도 투과하지 못했다.

"천년의 대계를 시작하라."

"로드의 명을 받듭니다."

드디어 시작이었다.

로드의 입에서 대계를 시작하라는 명이 떨어졌다. 부복한 여섯 마법사의 눈에서 검은색 안광이 터져 나오며 싸늘하게 번들거렸다.

『용병들의 대지』 11권에 계속…

초대형 24시 만화방

신간 100%, 샤워실, 흡연실, 수면실(침대석), 커플석, 세탁기 완비

▪ 시흥 정왕25시점 ▪

경기 시흥시 정왕동 1742-13 미스터피자 건물 5층
031) 319-5629

▪ 강북 노원역점 ▪

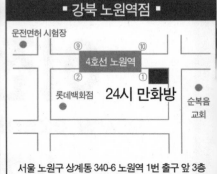

서울 노원구 상계동 340-6 노원역 1번 출구 앞 3층
02) 951-8324 (화용빌딩 3층)

▪ 일산 정발산역점 ▪

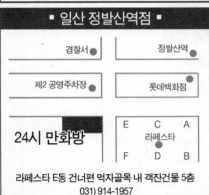

라페스타 E동 건너편 먹자골목 내 객잔건물 5층
031) 914-1957

▪ 일산 화정역점 ▪

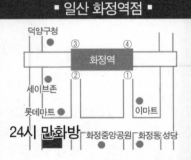

경기도 고양시 덕양구 화정동 984번지 서일빌딩 7층
031) 979-4874 (서일사우나 건물 7층)

▪ 부천 역곡역점 ▪

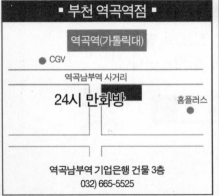

역곡남부역 기업은행 건물 3층
032) 665-5525

▪ 부평역점 ▪

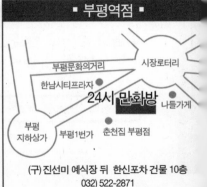

(구) 진선미 예식장 뒤 한신포차 건물 10층
032) 522-2871

FUSION FANTASTIC STORY

텀블러 장편소설

현대
천마록

천하를 호령하고, 전 무림을 통합한
일월신교의 교주 천하랑.
사람들은 그를 천마, 혹은 혈마대제라고 불렀다.

『현대 천마록』

무공의 끝은 불로불사가 되는 것이라 생각했지만
그로서도 자연의 섭리 앞에선 어쩔 수 없었다!

'그렇게 많은 피를 흘렸음에도 불구하고
죽을 때가 되니 남는 것이 없군그래.'

거듭된 고련 끝에 천하랑의 영혼이
존재하지 않게 된 그 순간
그의 영혼은 현세에서 천마로서 눈을 뜬다!

Book Publishing CHUNGEORAM

유행이 아닌 자유추구 -
WWW.chungeoram.com

투신
강태산
박선우 장편소설
FUSION FANTASTIC STORY
무림을 휩쓸던 '야차(夜叉)'가 돌아왔다.
『투신 강태산』
여행사 다니는 따뜻한 하숙생 오빠이자
국가위기 특수대응팀 '청룡'의 수장.
그리고 종합격투기계를 휩쓸어 버린 절대강자.
전 세계를 무대로 펼쳐지는 투신 강태산의 현대 종횡기!!
"나는, 나와 대한민국의 적을, 철저하게 부숴 버릴 것이다."
서러웠던 대한민국은 잊어라!
국민을 사랑하는 대통령과 절대강자 투신이 만들어 나가는
새로운 대한민국이 펼쳐진다!!
Book Publishing CHUNGEORAM
유행이 아닌 자유추구 -
www.chungeoram.com

FUSION
FANTASTIC
STORY

Miracle Direction
기적의 연출
서산화 장편소설

천재 영화감독, 스크린 속 세상을 창조하다!

『기적의 연출』

대문호 신명일과 미모로 손꼽히던 여배우 김희수의 아들 신지호.

일가족은 불운한 사고로 인해 크나큰 비극을 겪는다.

이 사고로 섬광 기억(Flashbulb memory)이라는 능력을 얻게 된 그 순간!
그의 모든 게 달라졌다.

"배우의 혼을 이끌어내고, 관중의 영혼을 붙잡아야 합니다.
그게 제 목표입니다."

완전한 감독을 꿈꾸는 신지호.
이제 그의 영화가, 세상을 홀린다!

Book Publishing CHUNGEORAM

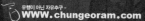
유행이 아닌 자유추구 -
WWW. chungeoram.com

GAME
BALL

게임볼 설경구 장편 소설
FUSION FANTASTIC STORY

무명의 야구인이었던 남자,
우진이 펼치는 야구 감독으로서의 화려한 일대기!

『게임볼』

"이 멤버로 우승을 시키라고?"

가상 야구 게임,
게임볼을 통해 인생 역전을 꿈꾸는

한 남자의 뜨거운 행보에 주목하라!

Book Publishing CHUNGEORAM

유행이 아닌 자유추구 -
WWW.chungeoram.com